U0111200

香港高中生

必讀古詩文

上冊

———————————— 詩、詞、曲（先秦至元）

必讀古詩文系列

責任編輯　　古　岳　張艷玲

書籍設計　　吳丹娜

書　　名　　香港高中生必讀古詩文（上冊）

編　　者　　鍾華　陳艷芳

出　　版　　三聯書店（香港）有限公司

　　　　　　香港北角英皇道 499 號北角工業大廈 20 樓

　　　　　　Joint Publishing (H.K.) Co., Ltd.

　　　　　　20/F., North Point Industrial Building,

　　　　　　499 King's Road, North Point, Hong Kong

香港發行　　香港聯合書刊物流有限公司

　　　　　　香港新界大埔汀麗路 36 號 3 字樓

印　　刷　　美雅印刷製本有限公司

　　　　　　香港九龍觀塘榮業街 6 號 4 樓 A 座

版　　次　　2015 年 7 月香港第一版第一次印刷

規　　格　　特 16 開（145 × 210mm）228 面

國際書號　　ISBN 978-962-04-3640-6

目　錄

導讀

　　本書分上、下兩冊，其中輯錄的古詩文，既有中國教育部《高中語文課程標準》所推薦的誦讀篇目，又有內地現行語文教材中的各篇，還有本書編輯根據本地高中生的實際需求而增補的篇目，合共五十篇。

　　本書的古詩文作品大體按照詩、詞、曲、文、賦等文體分類分別編選，又依照時間的先後進行排序，方便同學們在學習具體作品的同時，了解不同文學形式的基本發展脈絡。

　　本書上冊為詩、詞、曲之作，從先秦時期的《氓》和《離騷》開始。《氓》選自《詩經‧衞風》，敍述了一位女子與男子（氓）相戀、成婚、婚後生活不諧乃至被遺棄的故事，反映了春秋時期婦女在婚姻戀愛生活中的不幸遭遇，具有強烈的現實主義色彩。《離騷》是《楚辭》中的名篇，是偉大的愛國詩人屈原的代表作品。詩人通過瑰麗的想像和香草美人的隱喻，反覆申述了自己的政治改革理想，對祖國的熱愛之情，風格浪漫多姿。《詩經》和《楚辭》，是中國文學的兩大源頭，無論在思想內容上，還是藝術手法上，都對後世的文學創作產生了深遠的影響。

　　漢代的《古詩十九首》，所表現的是夫婦朋友間的離情別緒或文人的彷徨失意，感情真摯，語言樸素自然，描寫生動真切，具有天然渾成的藝術風格，標誌着文人五言詩的成熟，對後世的五言詩創作產生深遠的影響。本書選取其中的《迢迢牽牛星》，以牛郎織女的故事，詩意地表現出愛情遭遇阻隔時輕柔卻深刻的痛苦。

　　東漢末年出現了文學史上著名的「建安文學」。曹操是其重要的代表詩人，書中所選的《短歌行》（其一）是名篇之一。曹操從眼前的歡宴寫起，抒寫了時光易逝、功業未就的苦悶，反覆吟詠求賢若渴的急切心情，表達出強烈的建功立業的意志，感情充沛，氣度

恢弘，體現了富有特色的「建安風骨」。

　　魏晉時期是文學的自覺和文學創作的個性化的時期。陶淵明無力改變現實的污濁與黑暗，又不肯同流合污，最終辭官歸隱，過着躬耕自足的田園生活，在濁世中守護高潔靈魂。他用詩歌描述農村風光和生活，在以玄言詩為主流的東晉詩壇上獨樹一幟，開創了中國古典詩歌的一個重要流派——田園詩派。書中《歸園田居》所反映的，正是作者辭官歸鄉、初隱田園時期的心路歷程和生活狀態。

　　及至唐代，詩歌迎來了發展的全盛時期，優秀詩人如羣星在天，光耀至今，各種詩歌作品如雨後春筍，大量湧現。

　　王維發展了山水田園這一詩歌主題，其《山居秋暝》將空山雨後的秋涼，松間明月的清冷，石上清泉的靈動，竹林中浣女歸來的喧笑以及荷葉下漁船穿過的風姿，和諧地融合在一起，在詩情畫意中，寄託着自己的高潔情懷和對理想生活的執着追求。

　　李白和杜甫是古典詩歌的兩大高峯。李白的詩歌具有強烈的浪漫主義色彩。通過《蜀道難》、《夢遊天姥吟留別》、《將進酒》、《月下獨酌》等名篇，可感受到其豐富瑰麗的想像力，雄健奔放的風格，清新自然的語言風格和酣暢淋漓的氣韻。而杜甫的詩歌則側重於對苦難現實的關注。《兵車行》、《蜀相》、《登樓》等作品都展現出其沉鬱頓挫的詩風和憂國憂民的情懷。

　　此外，劉禹錫、白居易、李賀、杜牧、李商隱等都是唐代著名詩人。劉禹錫和白居易二人是詩友，人們合稱其為「劉白」。《石頭城》是劉禹錫的詠史名篇，短小凝練，感人至深。白居易《琵琶行》凡六百一十六言，曲折婉轉，引人淚下。李賀被後人稱為「詩鬼」，他的詩作想像極為豐富，經常以神話傳說入詩，構造出波譎雲詭、迷離惝恍的藝術境界，《李憑箜篌引》即為一例。杜牧與李商隱被合稱為「小李杜」。杜牧的詩歌以七言絕句著稱，內容以詠史抒懷為主，成就頗高，《過華清宮》是其代表作。李商隱的詩構思新奇，風格穠麗，尤其是一些愛情詩與無題詩寫得格外纏綿悱惻，內容隱晦迷離，這種風格可以通過書中《錦瑟》一詩略為體味。

　　陸游是南宋著名愛國詩人，他的《書憤》抒發了山河破碎，故土未復、壯志難酬的鬱憤之情，很有杜甫詩歌沉鬱頓挫的意味。

　　從本書所選詩歌作品可以看出，由先秦的《詩經》到唐詩，詩歌最初以四言為主，後來經歷了以五言、七言為主的發展過程。古代詩歌發展到唐代逐漸形成了以律詩、絕句為代表的近體詩，這是唐代以後古代詩歌的主要詩體。從內容上看，本書所選詩歌包含了民生、戰爭、贈別、懷古、詠物、閨怨、山水田園等主要題材。

　　如果說唐代是古典詩歌發展的高峯，那麼宋代就是詞作的巔峯。

　　在唐代已經有一些詩人兼寫詞作，如白居易就有《憶江南》等作品，但當時的詞不被主流文學所重視。五代時期，詞的創作逐漸發展起來。溫庭筠是文學史上第一位專注於填詞的作家，他的詞作題材較狹窄，以描寫閨閣生活為主，書中所選的《菩薩蠻》，所描寫的就是美人梳妝的情景，風格綺麗婉約。南唐後主李煜降宋之後，通過詞作抒寫亡國之痛，給詞開拓出一個深沉的新藝術境界。之後柳永等人繼承並發展詞的婉約傳統，創作大量優秀的作品，後人稱這些詞為婉約詞，書中所選《虞美人》（春花秋月何時了）、《雨霖鈴》（寒蟬淒切）、《鵲橋仙》（纖雲弄巧）、《聲聲慢》（尋尋覓覓）等都是其中的佳作。之後詞體在蘇軾、辛棄疾等人手中得到發展突破，用本屬婉約的詞來表達「豪放」的內容，由此出現了氣象恢弘的豪放詞，《念奴嬌·赤壁懷古》、《永遇樂·京口北固亭懷古》就是豪放詞的代表作。值得注意的是，「婉約」、「豪放」之分，只是對詞作藝術風格的籠統分類方式，並不是所有的詞都可以歸為婉約或豪放，同時婉約派和豪放派的代表人物也不是非此即彼，比如蘇軾和辛棄疾是豪放派的代表，但他們同樣有絕妙的婉約詞傳世。

　　王國維說：「凡一代有一代之文學。」元曲是繼唐詩、宋詞之後的一代之文學。書中《長亭送別》選自王實甫的雜劇《西廂記》，是元曲中的經典篇目。「碧雲天，黃花地，西風緊，北雁南飛。曉來誰染霜林醉？總是離人淚。」是寫景的名句，在風格上繼承了宋詞的清麗婉轉。「曉來」兩句，一問一答，帶有濃重的口語色彩，從中可

以感受到元曲語言的通俗和形式的活潑。

本書下冊所選的古文包括諸子散文、《禮記》、《史記》和「表」、「賦」、「記」、「序」、「說」、「志」等不同文體中的名篇，當中以文、賦為主。

《莊子》、《荀子》和《韓非子》是我國先秦時期著名的子書，不僅闡釋了不同的哲學思想和治國理念，而且是各有特色的文學作品。《莊子》一書多用比喻，想像奇詭，行文汪洋恣肆，形成了獨特的藝術魅力，是先秦諸子散文中最具文學性的作品。本書選取了《逍遙遊》一篇以讓大家體會莊子散文的上述特色。《勸學》是《荀子》一書的首篇，系統地論述了學習的目的、意義、態度和方法，是中國古代論述學習問題的一篇重要文章。文章開篇點題，觀點明確，而且大量運用比喻論證，使文章生動形象，是一篇優秀的議論文。《韓非子》是法家著作，風格嚴峻峭刻，論辯犀利，裏面保存了豐富的寓言故事，在先秦諸子散文中獨樹一幟。其中《定法》借日常生活中食物和衣服二者不可或缺的現象，論述「術」和「法」缺一不可的關係，具體生動。《五蠹》一文則舉出大量史實，於對比中指出古今社會的巨大差異，論據充分，並借「守株待兔」的寓言，諷刺「欲以先王之政，治當世之民」的不進步現象，詞鋒銳利。

《大同與小康》選自《禮記‧禮運》，本書所選錄的是《禮運》開首三章。文章通過孔子與弟子的問答，描繪出一幅大同世界的理想藍圖，表達出作者對這種理想社會的神往。文章結構謹嚴，文筆凝練，多處使用排比，氣勢強勁。

《屈原賈生列傳》和《廉頗藺相如列傳》選自偉大的史傳文學作品《史記》。在《屈原賈生列傳》中（本書節選屈原部分），作者司馬遷以飽含感情的筆墨，描述了飽滿鮮明的愛國詩人屈原的生平和形象。既是一篇記錄史實的人物傳記，也是一篇帶有鮮明感情色彩的動人散文。《廉頗藺相如列傳》通過「完璧歸趙」、「澠池會」、「將相和」等事件，生動地刻劃出廉頗、藺相如等性格各異的人物形象，文筆生動傳神，展現出《史記》在敘事、寫人方面的高超技巧。

　　「表」、「賦」、「記」、「序」、「説」、「志」都是古代的文體名稱。「表」一般用於臣子向君王奏事。《陳情表》是西晉李密寫給皇帝，表達出自己不能應詔出仕的苦衷的表文。在溫婉的陳述中，李密流露出無比動人的親情，使表文產生強烈的藝術感染力，是我國文學史上抒情文的代表作。

　　「賦」是由楚辭演化出來的一種文體，介於詩和散文之間。相比起詩，賦側重於鋪陳，篇幅更大更長。相對於散文，賦更講求文采和韻律。賦自出現之後，經歷了長期的演變過程，漢代的賦文辭上講究藻飾和用典。中唐時期在韓愈、柳宗元引領的古文運動的影響下，賦出現了散文化的趨勢，形成不講求駢偶和音律，句式參差、押韻也比較自由的「文賦」。《阿房宮賦》、《前赤壁賦》，就是這種駢散、結合的文賦，既發揮了駢文精練華美、擅長鋪陳描摹的優點，也吸收了散文行文自由、長於議論、説理透闢的優點。

　　「記」主要是記載事物，並通過記事、記物、寫景、記人來抒發感情或見解，託物言志。《始得西山宴遊記》和《遊褒禪山記》都是遊記。《始得西山宴遊記》作於柳宗元謫居永州期間，通過對西山怪特之景的描寫，抒發懷才不遇的憤懣和孤標傲世的情懷。《遊褒禪山記》是王安石辭官回鄉途中所作，通過所見之景以及遊山經過，説理言志，説明要實現遠大理想，研究學問要「深思而慎取」。

　　「序」一般置於書籍或文章前面，旨在説明書籍著述或出版意旨、編次體例和作者情況，或對作者作品進行評論，或闡發問題。《蘭亭集序》是東晉王羲之為蘭亭集會所作詩歌而寫的序文。文章記敍蘭亭周圍山水之美和聚會的歡樂之情，抒發作者對生死無常的感慨。《滕王閣序》是唐代王勃為滕王閣集會所作的駢文詩序。序文詞采華茂，不落窠臼，獨闢蹊徑。連韓愈也情不自禁地稱讚説：「江南多臨觀之類，而滕王閣獨為第一。」

　　「説」是古代的一種文體，用以陳述作者對某些問題的觀點，寫法十分靈活，可以敍事，可以議論。韓愈是古文運動的發起者，鼓勵青年學習古文，《師説》對當時社會上「恥學於師」和「羣聚笑之」

的不良風氣進行了批判，提出「聞道有先後，術業有專攻」的觀點。

「論」是議論性文體，一般用來論證某一問題、人物、事理的是非得失。《六國論》是宋代蘇洵的一篇政論文，文章提出並論證「六國破滅，弊在賂秦」的論點，借古諷今，抨擊宋王朝對遼和西夏輸送歲幣的屈辱政策。文章論點鮮明，論證嚴密，語言生動形象，字裏行間飽含作者的感情，使文章不僅以理服人，而且以情感人。

「志」是一種記敍性散文文體。《項脊軒志》的作者是明代歸有光。文章緊扣項脊軒來寫，用或喜或悲的感情作為貫穿全文的意脈，將生活瑣碎事串為一個整體。作者善於擷取生活細節和場面來表現人物。不言情而情無限，言有盡而意無窮。

本書為所選古詩文作品附以引言、典籍或作者簡介、注釋、解讀、文化知識和練習，共六個輔導學習部分。引言部分以較生活化的例子，反思個人及社會處境，把讀者初發之思路引入至作品當中。典籍或作者簡介是對作品所屬典籍或作者的相關背景介紹。注釋部分主要是對作品中理解難度較大的字詞、句子、典故加以解釋。解讀部分對作品主要內容和特色加以分析，幫助同學拓展思路，深入了解文章的思想內容和藝術特色。文化知識是對作品相關的文學常識、歷史典故等內容的連結，可作為延伸學習之用。練習部分則參考公開考試題型，以鞏固同學學習所得為主要目的。

中國古代的詩歌和散文，擁有悠久的歷史與文化內涵，是華夏文化遺產中的瑰寶。我們閱讀和學習古詩文作品，可以從中汲取古聖賢人的思想精髓，弘揚民族傳統文化；能夠體味愛國、思鄉、懷友等古今相通的情感。這些優秀的古詩文作品，更有着特殊的審美功能，同學能從中享受美的薰陶。

衷心希望本書能夠成為廣大同學所喜愛的古詩文讀本，為大家學習、誦讀古代優秀詩文提供切實的幫助，更希望本書所選收的古詩文，能激發同學對我國文學和傳統文化的熱愛。由於水準有限，不足之處在所難免，敬請讀者朋友們批評指正。

編者

氓

《詩經》

【引言】

　　讀《氓》的時候，不期然令人想起清代詞人納蘭性德《木蘭花令·擬古決絕詞》的名句：「人生若只如初見，何事秋風悲畫扇？等閒變卻故人心，卻道故人心易變。」情人初見，在覿靦之間對對方流露傾慕之意。愛情要來的時候，可以感覺多少似水柔情？只是自古至今，「人到情多情轉薄」是否必然的呢？夏天已過，秋涼時分不再用扇，扇子被丟到一旁，就像情人之間愛情已逝，昔日熾熱的感情不再，難免令人悲哀。

　　愛情是歷久不衰的寫作題材，《詩經·國風》是先秦時期的民歌，反映各地人民的思想感情與生活面貌。《氓》是春秋時期衛國的民歌，是一位女子的愛情自述：從少女時代面對「氓」的追求，轉而對他萌生日夜思慕的愛意，及至婚後雖過貧窮的生活，仍不辭勞苦的為家務操勞。可是，隨着歲月流逝，「氓」對她的感情已不如昔日，甚至對她施以暴力。當她回娘家跟兄弟訴苦時，卻又不得家人的諒解與同情，只好獨自忍受苦澀的況味……這是一首質樸無華的民歌，詩中對這位追慕幸福的女子作出栩栩如生的刻劃。本詩運用了呼告手法，讓詩中主角如在眼前，親身訴説其經歷，並對其他年輕女子予以忠告，字裏行間可以感受她的哀傷。

氓①

《詩經》

氓之蚩蚩②，抱布貿絲③。

匪④來貿絲，來即我謀⑤。

送子涉淇⑥，至於頓丘⑦。

匪我愆期⑧，子無良媒。

將⑨子無怒，秋以為期⑩。

乘彼垝垣⑪，以望復關⑫。

不見復關，泣涕漣漣⑬。

既見復關，載⑭笑載言。

爾卜爾筮⑮，體無咎言⑯。

以爾車來，以我賄⑰遷。

桑之未落，其葉沃若⑱。

于嗟鳩兮，無食桑葚⑲！

于嗟女兮，無與士耽⑳！

士之耽兮，猶可説㉑也。

女之耽兮，不可説也。

桑之落矣，其黃而隕㉒。

自我徂爾㉓，三歲食貧㉔。

淇水湯湯㉕，漸車帷裳㉖。

女也不爽㉗，士貳其行㉘。

士也罔極㉙，二三其德㉚。

三歲為婦，靡室勞矣㉛。

夙興夜寐㉜，靡有朝矣㉝。

言既遂㉞矣，至于暴㉟矣。

兄弟不知，咥㊱其笑矣。

靜言思之，躬自悼㊲矣。

及爾偕老㊳，老使我怨。

淇則有岸，隰則有泮㊴。

總角之宴㊵，言笑晏晏㊶。

信誓旦旦㊷，不思其反㊸。

反是不思㊹，亦已㊺焉哉！

【典籍簡介】

　　《詩經》是中國現存最早的詩歌總集。《詩經》原稱為《詩》，漢朝起被奉為儒家經典，故稱《詩經》。《詩經》收集了從西周初期到

春秋中期約五百年的詩歌，共三百零五篇，因此又稱為「詩三百」。《詩經》分《風》、《雅》、《頌》三部分。《風》指十五《國風》，主要是各地民歌，是《詩經》的精華部分，共一百六十篇。《雅》分為《大雅》和《小雅》，是宮廷樂歌，共一百零五篇。《大雅》大部分為貴族所作，《小雅》為個人抒懷，是貴族和官吏的作品，也有部分民歌。《頌》有《周頌》、《魯頌》、《商頌》，是王室宗廟祭祀用的歌辭，共四十篇。《詩經》以四言為主，多用重章迭句的形式，配以賦、比、興的藝術表現手法，對後代文學產生深遠的影響。

【注釋】

① 《氓》：本詩選自《詩經‧國風‧衞風》，是春秋時期衞國（今河南省北部淇縣一帶）的民歌。氓（粵 man⁴〔民〕普 méng）：老百姓，指詩中的男主人翁，即棄婦的丈夫。

② 蚩蚩（粵 ci¹〔痴〕普 chī）：通「嗤嗤」，笑嘻嘻的樣子，一說敦厚老實的樣子。

③ 抱布貿絲：抱着布匹來換絲綢。貿：交換財物，交易。

④ 匪（粵 fei²〔翡〕普 fěi）：通「非」，不是。

⑤ 即：接近。謀：商量，這裏指商量婚事。

⑥ 子：你，對男子的美稱，指「氓」。涉：過河。淇（粵 kei⁴〔其〕普 qí）：河流名。

⑦ 頓丘：地名，在今河南省東北部。

⑧ 愆（粵 hin¹〔牽〕普 qiān）期：延期，這裏指拖延婚期。

⑨ 將（粵 coeng¹〔昌〕普 qiāng）：請。

⑩ 期：約定的婚期。

⑪ 乘：登上。垝垣（粵 gwai² wun⁴〔鬼援〕普 guǐ yuán）：毀壞的牆。

⑫ 復關：衞國地名，男主人翁居住的地方。

⑬ 泣涕：流淚。漣漣（粵 lin⁴〔連〕普 lián）：眼淚不斷的樣子。

⑭ 載（粵 zoi³〔再〕粵 zài）：又。

⑮ 爾：你。卜：用火燒龜甲，根據裂紋來推測吉凶。筮（粵 sai⁶〔逝〕粵 shì）：用蓍（粵 si¹〔思〕粵 shī）草來占卦。

⑯ 體：卜筮的卦象。咎言：不吉利的話。

⑰ 賄（粵 kui²〔繪〕粵 huì）：財物，這裏指嫁妝。遷：搬家。這裏指女子搬到男子的家。

⑱ 沃若：潤澤的樣子。

⑲ 于嗟（粵 ju⁴ ze¹〔如遮〕粵 xū jiē）：感歎詞。于：通「吁」。鳩（粵 gau¹〔高收切〕粵 jiū）：鳥名。據説鳩鳥多吃了桑樹的果實葚（粵 sam⁶〔甚〕粵 shèn）會昏醉。兮（粵 hai⁴〔奚〕粵 xī）：語氣助詞，無實義。

⑳ 士：男子。耽：沉溺，迷戀。

㉑ 説（粵 tyut³〔脱〕粵 tuō）：通「脱」，解脱。

㉒ 黃：葉子變黃。隕（粵 wan⁵〔允〕粵 yǔn）：葉子掉落。這句以桑葉的枯黃落下，來比喻女子姿色衰老，不被寵愛。

㉓ 徂（粵 cou⁴〔曹〕粵 cú）爾：指嫁往你家。徂：往。

㉔ 三歲：泛指多年。食貧：過着貧苦的日子。

㉕ 湯湯（粵 soeng¹〔箱〕粵 shāng）：水勢浩大的樣子。

㉖ 漸（粵 zim¹〔尖〕粵 jiān）：浸濕。帷裳（粵 wai⁴ soeng⁴〔唯常〕粵 wéi cháng）：車兩邊的布幔。

㉗ 不爽，沒有過錯。爽：過錯。

㉘ 貳（粵 ji⁶〔二〕粵 èr）其行：行為前後不一。

㉙ 罔極：反覆無常。罔（粵 mong⁵〔網〕粵 wǎng）：無。極：準則。

㉚ 二三其德：反覆無常，用情不專。

㉛ 靡（粵 mei⁵〔美〕粵 mǐ）室勞矣：指所有家務無不自己承擔。靡：無，沒有。室勞，家務。

㉜ 夙（粵 suk¹〔叔〕粵 sù）興夜寐（粵 mei⁶〔未〕粵 mèi）：指早起晚睡。夙：早晨。

㉝ 靡有朝矣：指這種辛苦的生活不是一朝一夕。朝：一天。

㉞ 言：句首助詞。既：已經。遂：順心，成功，這裏指家境開始好轉。

㉟ 暴：態度粗暴，虐待。

㊱ 咥（粵 hei³〔氣〕 普 xì）：譏笑的樣子。

㊲ 靜言思之：靜下來想想。言：音節助詞，無意義。躬：獨自。悼：傷心。

㊳ 及爾偕老：和你一起白頭到老。老使我怨：如果就此生活到老，我一定感到怨恨。

㊴ 隰（粵 zaap⁶〔習〕 普 xí）：低而潮濕的地方。泮（粵 pun³〔判〕 普 pàn）：通「畔」，邊界。這兩句是說淇水尚且有岸，低濕的窪地也有邊界，但我的怨恨卻沒有窮盡，也有的說指男子的行為放蕩沒有拘束。

㊵ 總角：古代少年兩邊梳辮，像雙角，稱為總角。後用總角代指少年時期，這裏借指女子和男子初相識的時候。宴：快樂。

㊶ 晏晏：歡樂的樣子。

㊷ 旦旦：誠懇的樣子。

㊸ 不思：沒想到。反：違反，違背。

㊹ 是：這，指誓言。「反是不思」重複了上句「不思其反」，強調悔恨的心情。

㊺ 已：了結，終止。

【解讀】

　　《氓》是一首棄婦詩，通過棄婦的口吻敍述與男子（氓）相戀、成親、婚後生活不和，乃至被遺棄的故事，反映女主人翁在婚姻生活中的不幸遭遇，並強烈批判男子不負責任的行為。

　　全詩可以分為六個小節。

　　第一節回憶二人相戀到約定婚期的經歷，為詩歌的首十句。這一小節言簡而義豐，文字表面平靜，卻內有波瀾。先寫二人相戀，男子一副忠厚老實的樣子，卻聰明地假借做生意之名接近女子，原來他並不是要換絲，而是來說婚事的。癡情的女子將男子送了一程

又一程，告訴他並不是自己要拖延婚期，而是男子沒有好的媒人，女子家人可能不會同意這頭婚事。即使這樣，深陷情網的女子最後還是請求男子不要發怒，並答應男子在秋季成婚。

第二節為接下來的十句，記述了女子對男子的思念和二人成婚。顯然女子處於熱戀之中，常常登高遠望，盼望男子來相會，看不到的時候哭哭啼啼，見到之後有說有笑。最終男子占卜，一切吉祥如意，便駕着車來，將女子和嫁妝接回家。

第三節為接下來的十句，女子的情緒一轉，顯然幸福快樂的回憶到這裏戛然而止，悔恨之情油然而生。女子以桑作比起興，引出對於男女對待感情不同的感歎：桑樹還沒有落葉的時候啊，葉子新鮮而有光澤。斑鳩啊，不要貪吃桑葚！女子呀，你也不要同男子沉溺於愛情。男子沉溺其中，還可以脫身；女子沉溺其中，就難以脫身了。

緊接的十句為第四節，是女子對婚後不幸生活的回憶和對氓的反覆無常的控訴。開頭緊接上一小節中的比興：桑樹開始落葉時，它的葉子就會枯黃隕落。自從我嫁到你家，多年來過着貧苦的生活。淇水波浪滾滾，浸濕了車上的帷幔。女子也沒有甚麼過錯啊，男子卻用情不專了。男子啊真是反覆無常，毫不專一！這一小節女子感情激烈，直接控訴氓見異思遷。

後十句的第五節進一步訴説女子婚後生活的艱苦，和歸家後家人的不理解：多年來做你的妻子，家中的粗重工夫都做足，無一遺漏。早起晚睡，也不是一朝一夕的事。然而你的心願已經滿足，卻對我兇暴起來了。可歎我回到家中，兄弟們不但不理解，反而譏笑我。靜下來想一想，也只能獨自傷心。

第六節女子前後回想自己的婚姻。曾經的美好和現在的苦痛交織在一起，最終迫使她作出了與氓斷絕關係的決定：曾經想着與你白頭到老，現在卻使我怨恨難消。淇水再寬也應有崖岸，窪地再大也該有邊際。少年時盡情説笑的美好時光彷彿就在眼前，誠懇的誓言彷彿還在耳邊，卻沒想到一切都已經變質。既然你違背誓言，不

念舊情，那麼就一刀兩斷吧！

　　本詩是一首敘事詩，敘事完整，記述了女主人翁與氓從相戀、結婚、婚後不幸乃至被遺棄的完整故事。敘事中對二人性格刻劃也堪稱經典。女子善良體貼，涉水遠送情郎，當看到氓不高興時，趕快安慰：「將子無怨，秋以為期。」約定婚期後盼望情郎，一時「泣涕漣漣」，一時「載笑載言」，情真意切溢於言表，一副多情而天真的少女形象。氓貌似忠厚，實則狡黠，假託「抱布貿絲」，實際卻是偷會少女，婚前「言笑晏晏」、「信誓旦旦」，婚後卻「二三其德」、「至于暴矣」，是一個始亂終棄、言行反覆的負心漢，與女主人翁形象形成鮮明對比。

　　本詩在情感抒發上也很有特色，詩歌以棄婦的回憶為線索，情感轉換十分自然。前兩節內容是回憶往昔美好時光，以鋪陳敘事為主，節奏明快。到第三節事情出現了轉振點，似乎是回憶中的美好生活達到頂點，主人翁在繼續講述之前難忍心中悔恨和哀傷，用這一小節抒發情感，並以過來人的身份對他人進行規勸。這一小節既符合回憶敘事的自然規律，也順應女主人翁感情的變化，為後文的婚變奠定了哀傷的基調。第四小節女主人翁感情逐漸激烈，行文也不再單純敘事，而是夾敘夾議，在敘述中宣洩情感，對氓的行為作出激烈的控訴。第六小節女主人翁的情緒似乎穩定下來，感情也歸於沉重，變成了深深的自傷。女子思前想後，最終作出了「亦已焉哉」的決定。

【文化知識】

《詩經》六義

　　風、雅、頌、賦、比、興被稱為《詩經》六義。其中風、雅、頌是以地區及詩歌內容來劃分的，前文已有詳細介紹。賦、比、興是《詩經》其中三種主要的藝術表現手法。「賦」就是鋪陳敘述，本

詩敍事部分大多用賦的手法。「比」是指比喻，如詩中以「桑之未落，其葉沃若」比喻女子婚前年輕而有活力的樣子；以「桑之落矣，其黃而隕」比喻婚後的色衰愛弛。「興」是起興，即在吟詠一件事物之前以另一件事物引起話題，如詩中要勸告女子不應與男子沉溺愛情，卻不直接說出，而是先以勸告鳩鳥不要貪吃桑葚，才帶起後文。值得注意的是，有時起興之物與吟詠之物有共同特點，存在比喻關係，所以《詩經》中比、興兩種手法常會連用。例如本詩中「桑之未落，其葉沃若」、「桑之落矣，其黃而隕」，既是比喻，也是起興，以帶起下文。

【練習】

（參考答案見第 194 頁）

❶ 本詩如何刻劃女主人翁在戀愛階段對情人的戀慕？

❷ 本詩第三節「桑之未落」至「不可說也」一段，運用了甚麼手法，以帶出女主人翁對讀者的忠告？

❸ 詩中女主人翁為何「躬自悼矣」？她對氓有何控訴？

離騷（節選）

〔戰國·楚〕屈原

【引言】

　　屈原是戰國末期的楚國人，司馬遷於《屈原賈生列傳》中這樣描述他：「信而見疑，忠而被謗，能無怨乎？屈平之作《離騷》，蓋自怨生也。」屈原一生心繫楚國，可是他的誠信備受猜疑，忠心反遭毀謗，終究為君主所疏遠，甚至放逐。在這樣的遭遇下，又豈能沒有怨恨呢？《離騷》就是在這背景下寫成的。這是一首屈原自敍生平的長篇作品，全詩共有三百七十三句，而本篇所節選的是詩作開首部分，主要交代作者自己的家世、出生，對個人品格的要求，以及對輔政的期盼。

　　本篇節錄可說是屈原的自我介紹，讀來彷彿覺得他的出生，是為了要完成某個使命似的：他是遠古時代「五帝」之一顓頊（粵 zyun¹ juk¹〔專沃〕普 zhuān xū）的後裔，生於正月庚寅日，其名字具有美好的意思。屈原指自己既有美好的品格，亦有卓絕的才華，而且喜歡以江離、白芷、秋蘭這些香草為佩飾……一個氣派不凡的人物活靈活現，這樣有才且願為國盡忠的人應該備受重用吧，事實卻並非如此。

　　司馬遷在《史記》寫了一段屈原自沉汨（粵 mik⁶〔覓〕普 mì）羅江前的故事，頗具感人力量：屈原面對被流放的憂憤，披頭散髮地走到江邊，容顏憔悴，形體枯槁。一位漁父驚問：「你不是三閭大夫

麼？何以到這樣的地方來？」屈原很傷心，表示「舉世混濁我獨清，眾人皆醉我獨醒，是以見放」（《楚辭‧漁父》）。漁父好心勸他不如放開一點，隨波逐流吧，但屈原一口拒絕，最後更自沉而終⋯⋯

離騷（節選）

〔戰國‧楚〕屈原

帝高陽之苗裔兮[①]，朕皇考曰伯庸[②]。攝提貞于孟陬兮[③]，惟庚寅吾以降[④]。皇覽揆余于初度兮[⑤]，肇錫余以嘉名[⑥]：名余曰正則兮[⑦]，字余曰靈均[⑧]。紛吾既有此內美兮[⑨]，又重之以修能[⑩]。扈江離與辟芷兮[⑪]，紉秋蘭以為佩[⑫]。汨余若將不及兮[⑬]，恐年歲之不吾與[⑭]。朝搴阰之木蘭兮[⑮]，夕攬洲之宿莽[⑯]。日月忽其不淹兮[⑰]，春與秋其代序[⑱]。惟草木之零落兮[⑲]，恐美人之遲暮[⑳]。不撫壯而棄穢兮[㉑]，何不改乎此度[㉒]？乘騏驥以馳騁兮[㉓]，來吾道夫先路[㉔]！

【作者簡介】

屈原（公元前三四零至公元前二七八年），本名平，字原，戰國時楚國人，他是楚王室的同姓貴族，早年曾任左徒、三閭（粵 leoi⁴〔雷〕普 lú）大夫等職。他主張政治改革，以抵抗秦國侵略。但是這些進步主張卻受到保守派反對，屈原因而被排擠，更被楚王放逐。公元前二七八年，楚國國都郢（粵 jing⁵〔以皿切〕普 yǐng；今湖北省荊州市江陵縣）被秦國攻破，在楚國覆亡前夕，屈原悲憤憂鬱，投汨羅江而死。他的代表作有《離騷》、《天問》、《九歌》等。

【注釋】

① 高陽：傳説楚國國君是遠古時期「五帝」之一顓頊的後代，顓頊號高陽氏。苗裔（粵 jeoi⁶〔鋭〕普 yì）：子孫後代。兮：語氣詞，相當於今日的「啊」或「呀」。

② 朕（粵 zam⁶〔鴆〕普 zhèn）：我。秦代以前不論尊卑都可以自稱「朕」，自秦始皇起才將「朕」定為皇帝專用的自稱。皇考：遠祖。伯庸：楚國第九任君主熊渠封長子熊毋康為句亶（粵 taan²〔坦〕普 dǎn）王，據近年學者考證，伯庸應該就是句亶王。另，春秋時期，楚武王熊徹封兒子熊瑕於屈地，熊瑕的子孫自此以屈為姓，因此屈原稱自己是顓頊的後裔。

③ 攝提：攝提格的簡稱。古代的一種紀年方式，寅年叫「攝提格」。貞：正值。孟陬（粵 zau¹〔周〕普 zōu）：夏曆的正月，亦稱「寅月」。

④ 惟：語氣助詞，無實義。庚寅：庚寅日。降：降生，出生。

⑤ 皇：這裏指屈原的父親。覽：觀察。揆（粵 kwai⁵〔愧〕普 kuí）：揣測。余：我。初度：初生的時節。

⑥ 肇（粵 siu⁶〔兆〕普 zhào）：通「兆」，指卦兆。錫：賜。嘉名：美好的名字。

⑦ 正則：公正而有法度叫「平」。這句闡明屈原名「平」的含義。

⑧ 靈均：土地靈善而均平叫「原」。這句闡明屈原字「原」的含義。

⑨ 紛：盛多。內美：內在的美德。

⑩ 重（粵 zung⁶〔仲〕普 zhòng）：加。修：長，引申為美好。能：才幹。

⑪ 扈（粵 wu⁶〔互〕普 hù）：披。江離：一種香草。芷（粵 zi²〔子〕普 zhǐ）：白芷，一種香草。辟：通「僻」，辟芷即生於幽僻之地的芷草。

⑫ 紉（粵 jan⁶〔孕〕普 rèn）：佩戴。秋蘭：蘭草，有香氣，秋天開花。佩：佩飾。

⑬ 汨（粵 wat⁶〔話實切〕普 yù）：楚地用語，水流迅速的樣子，這裏比喻時間快速流逝。

⑭ 與：等待。

⑮ 朝：早上。搴（粵 hin¹〔牽〕普 qiān）：楚地用語，採摘。阰（粵 pei⁴〔皮〕普 pí）：山坡。

⑯ 夕：傍晚。攬：採摘。洲：水中的陸地。宿莽：一種經冬不枯的香草。

⑰ 忽：快速。淹：停留。

⑱ 代序：交替。

⑲ 惟：想。零落：草木飄零凋落，之於草稱為「零」，之於木稱為「落」。

⑳ 美人：比喻君主，一說是詩人自喻。遲暮：年老。

㉑ 不：即「何不」，與下文「何不」為互文。撫（粵 fu²〔苦〕普 fǔ）：把握。壯：壯年。棄穢：拋棄穢濁的東西，亦比喻為疏遠朝中奸臣。

㉒ 度：法度，這裏指楚王舊有的用人法則。

㉓ 騏驥（粵 kei⁴ kei³〔其冀〕普 qí jì）：駿馬，比喻賢臣。

㉔ 來：表示呼喚，即「來吧」。道：同「導」，引導。夫（粵 fu⁴〔符〕普 fú）：文言虛詞，無實義。先路：前路。

【解讀】

歷來許多學者對「離騷」這個名字有不同的解釋。西漢的司馬遷和王逸分別解讀為「離憂」和「別愁」，因為「離」就是「別」，「騷」就是「憂」；而東漢的班固則指「離」為「罹」，「離騷」即「遭遇憂患」。姑勿論是「別離」、「憂愁」，還是「憂患」，都跟一件事情有關，就是屈原被放逐。

《離騷》作於屈原被楚王放逐期間，是屈原作品中最長的一篇，也是最具代表性的一篇。詩人在篇中反覆申述了自己的政治改革理想，訴說在政治鬥爭中所受的污蔑和迫害，表達了自己對國家的熱愛。

本詩節選了《離騷》的開首部分。詩人從自己的身世背景寫起：詩人出身高貴，是顓頊的後代，與楚國國君同宗。出生的時間也十分不凡，是寅年寅月寅日。出生後又獲得了美好的名字，這都使詩人非常莊重自愛。在良好的天賦下，詩人還要佩戴香草、陶冶情操，不斷提升自己的修養。他有感光陰飛快流逝，於是朝搴木蘭、夕攬宿莽，孜孜不倦地培養品德，鍛煉才能。念及草木搖落，春秋更替，詩人害怕盛年易去、君王易老，因此希望能夠幫助君王趁着年富力強整飭（粵cik¹〔斥〕普chì；整頓）法度、疏遠奸臣，任用像駿馬一樣的賢才，讓楚國的國力得以迅速發展；而自己則願為先行者，在前面引路。

從中我們能夠清晰地感受到詩人對楚國有着發自內心的熱愛。虎狼在側的現實和時間的流逝給予詩人很大的壓力，在詩中詩人明顯表現出一種緊迫感，他急切希望能夠實現其舉賢任能、去濁存清的政治理想，甚至願意做一名不怕犧牲的先行者。

詩人對現實有着強烈的關懷，但行文卻是浪漫多姿的。詩人想像豐富、文辭絢爛，用香草美人比喻忠貞賢人和高尚情操，用穢濁臭物來比喻惡人劣行，開創了中國文學中浪漫豪放的先河，啟迪了不少後世詩人。

【文化知識】

《楚辭》

《楚辭》是我國第一部浪漫主義詩歌總集，由西漢劉向編輯而成，收入了屈原、宋玉等楚國詩人的作品。這些作品運用楚地（今湖南、湖北、安徽西部一帶）的方言聲韻，描寫楚地的風土人情，具有濃厚的楚地色彩，故名《楚辭》。《楚辭》是繼《詩經》之後，對中國文學具有深遠影響的一部詩歌總集，開創了浪漫主義文學的先河，亦啟發了後世如李白、蘇軾等浪漫派詩人的創作。

【練習】

（參考答案見第 194 頁）

❶ 詩人如何突顯自己與眾不同的形象？

❷ 何以見得詩人有着為國效力的熱誠？

❸ 試就本篇指出《楚辭》的寫作特色。

屈原像

迢迢牽牛星

《古詩十九首》

【引言】

　　提起《古詩十九首》中的《迢迢牽牛星》，自然令人想起七夕的神話故事 —— 牛郎織女在每年農曆七月初七，始能踏上鵲橋，在閃閃生輝的銀河上短暫相會，以解相思之苦。他們之間彼此有情，卻不能像人間美眷一樣朝夕共對，令人感到無限淒美，泫（粵 jyun⁵〔遠〕普 xuàn；淚流之貌）然淚垂。

　　清人沈德潛《古詩源》就本詩有謂：「相近而不能達情，彌復可傷。此亦託興之詞。」所謂「託興之詞」，是指詩人借用其他事物烘托，融情入景、借景抒情，因而本詩表面寫的是牛郎織女二星，實則寫情人之間面對分離的淒苦，文辭溫婉流麗，情感真摯動人。本詩看似花了不少篇幅寫景和敍事，如寫牛郎織女二星之遙、織女巧手織布之貌、銀河既清且淺之景等，實則不經意地流露出情人分離之苦。可以想像一下，為何織女「終日不成章，泣涕零如雨」？她在想甚麼？為何淚流不止呢？當織女面對「盈盈一水間，脈脈不得語」的情境，她的心情會是怎樣的？

　　《古詩十九首》語言淺白自然，不假雕飾，但含義卻深刻雋永，感人至深。當中不少作品都有着這些特色，如《行行重行行》中「相

去日已遠，衣帶日已緩」、《涉江采芙蓉》中「同心而離居，憂傷以終老」等句，均以質樸的文字表達深厚的情感。又如本詩作者沒有點明織女對牛郎的思念，但當中的濃情厚意卻已瀰漫銀河……

迢迢牽牛星①

《古詩十九首》

迢迢牽牛星②，皎皎河漢女③。

纖纖擢素手④，札札弄機杼⑤。

終日不成章⑥，泣涕零如雨⑦。

河漢清且淺，相去復幾許⑧？

盈盈一水間⑨，脈脈不得語⑩。

【典籍簡介】

連同另外十八首作於漢代的五言詩歌，《迢迢牽牛星》最早被收錄在南朝梁代昭明太子蕭統主編的《昭明文選》中。編者因這十九首詩歌風格相近，然作者不可考，故統一題為《古詩一十九首》，後來才簡稱《古詩十九首》。這些詩歌大多出於中下層文人之手，並非一人一時之作，從內容上看大多是寫夫婦朋友間的離情別緒，或文人的彷徨失意，感情真切，具有濃厚的感傷色彩，深刻地呈現了

文人在漢末社會大轉變時期，理想的幻滅與沉淪，心靈的覺醒與痛苦。詩歌在形式上通用五言，語言樸素自然，表現委婉曲折，標誌着文人五言詩的成熟，更對後世的五言詩創作產生了深遠的影響和啟發。

【注釋】

① 《迢迢牽牛星》：本詩是《古詩十九首》的第十首。像其餘十八首一樣，本詩也是以詩歌的首句來命名的。

② 迢迢（粵 tiu⁴〔條〕普 tiáo）：遙遠。牽牛星：即牛郎星，是天鷹星座的主星，在銀河南。

③ 皎皎（粵 gaau²〔搞〕普 jiǎo）：明亮。河漢：即銀河。河漢女：指織女星，是天琴星座的主星，在銀河北，與牽牛星隔河相對。

④ 纖纖：柔嫩修長。擢（粵 zok⁶〔鑿〕普 zhuó）：舉起，抬起。這句是説，舉起細長而嫩白的手。

⑤ 札札（粵 zaat³〔紮〕普 zhá）：織布機操作時的聲音。杼（粵 cyu⁵〔柱〕普 zhù）：織布機的梭子。

⑥ 章：布匹上的紋理。

⑦ 泣涕：流淚。零：落。

⑧ 相去：相距。復：文言虛詞，無實義。幾許：多少，這裏形容距離很近。

⑨ 盈盈：水清淺的樣子。間（粵 gaan³〔諫〕普 jiàn）：隔。

⑩ 脈脈（粵 mak⁶〔默〕普 mò）：深情凝視的樣子。

【解讀】

這首詩借用牛郎織女的神話故事來表達男女之間的離情別意。

詩人以第三身的角度遙望牽牛織女二星作起筆，着力塑造織女隔河遙思牽牛的淒美形象，借此表現情人分隔異地時的相思折磨。「迢迢」和「皎皎」都可以用來形容星星，首兩句可以翻譯成遙遠而明亮的牽牛星和織女星，但原詩中稱牽牛星時用「迢迢」，既是説星宿（粵 sau³〔秀〕普 xiù；星座）遙遠，也暗含牛郎隔河遠離的情思。形容織女星時用了細膩的筆觸，稱之為河漢女，直接賦予其女性身份，用「皎皎」來修飾，也暗合女子明麗動人的特點。下文視角從遙遠的天空飛快地拉近，呈現特寫畫面：一雙纖柔修長的手隨着織梭的往來，在一聲一聲的織布聲中，輕輕擺動，從手部特寫襯托出河漢女整體優雅柔美的氣質。可是這樣的一位女子卻終日淚如雨下，手中的布匹總是難以「成章」；只因為一條又清又淺的銀河，讓兩人近在咫尺，卻難以相見，只能隔河相望，無語凝噎（粵 jit³〔意結切〕普 yē；喉嚨被堵塞）啊！這咫尺天涯的淒美場景的確讓人心碎。

詩人還運用了「迢迢」、「皎皎」、「纖纖」、「札札」、「盈盈」、「脈脈」等大量疊詞，使詩歌音韻和諧，誦讀中呈現出富有節奏的藝術美感，同時給全詩營造出一種輕緩的氛圍，與哀婉動人的畫面相得益彰，詩意地表現出愛情遭遇阻隔時輕柔卻深刻的痛苦。

【文化知識】

《文選》

《文選》是中國現存的最早一部詩文總集，由南朝梁代梁武帝的長子蕭統組織文人共同編選。蕭統死後諡（粵 si⁶〔試〕普 shì；古代帝王或大臣死後被授予的稱號）號「昭明」，所以這部詩文總集又稱作《昭明文選》。《文選》共六十卷，收錄了賦、詩、騷、詔、表、辭、序、頌、贊、史論、碑文、墓誌、祭文等作品，上至先秦時代，下至南梁初期，數量極為豐富，且為上等之選。

「事出於沉思，義歸乎翰藻」是蕭統、甚至是南朝時代人們心目

中理想文學作品的標準。因此在《文選》中，辭藻華麗、聲律和諧的《楚辭》、漢賦和駢文，就佔了相當大的分量；詩歌方面，顏廷之、謝靈運等人的作品由於格律較為嚴謹，亦多被收錄，反而陶潛等人平易自然、不拘一格的詩篇卻並不多見。

【練習】

(參考答案見第 195 頁)

❶ 詩人在本篇運用了不少疊詞，如「迢迢」、「皎皎」、「纖纖」、「札札」等，都為詩歌帶來怎樣的藝術效果？

❷「終日不成章，泣涕零如雨」表現出織女怎樣的心情？

❸ 詩人如何塑造織女的人物形象？

❹ 詩人以「盈盈一水間，脈脈不得語」作結，為本詩帶來了甚麼藝術效果？

短歌行（其一）

〔東漢〕曹操

【引言】

處於漢末、三國的紛亂局面，招攬人才為己效勞無疑是致勝之道之一。常說曹操求才若渴，他不但寫了《短歌行》兩首「求賢歌」，還發佈了《求賢令》、《舉士令》、《求逸才令》等告諭文字，宣告其「唯才是舉」的想法，可見他在招攬賢才一事上不遺餘力。

《短歌行》寫於東漢獻帝建安十三年（公元二零八年），當時曹操率領八十三萬大軍南下，準備於赤壁迎戰孫、劉聯軍。《三國演義》第四十八回「宴長江曹操賦詩・鎖戰船北軍用武」，描寫了當夜曹操賦詩的情況：「時建安十三年冬十一月十五日，天氣晴明，平風靜浪⋯⋯操坐大船之上，左右侍御者數百人，皆錦衣繡襖，荷戈執戟。」羅貫中形容當夜宴會的情景相當盛大，文武百官依次列坐，飲酒談笑。時至曹操已醉，「乃取槊（粵 sok³〔四角切〕普 shuò；古代一種兵器）立於船頭之上，以酒奠於江中，滿飲三爵」，繼而橫槊賦詩，唱出這一首《短歌行》。

讀這首詩的時候，我們可以八句為一段，將全詩分為四大部分。第一部分寫詩人懼怕時光飛逝、未能及時建功立業的愁緒。其實，這又何嘗不是有才之士所同樣懼怕的？曹操一下子就能抓住賢

才的心理，起筆已是不凡。第二部分化用《詩經》詩句，原詩為:「青青子衿，悠悠我心。縱我不往，子寧不嗣音?」本寫一女子思念情人，指自己未能看見對方，對方就應主動給自己帶來音訊啊!曹操略去了後面兩句，這豈不更含蓄地表達出對賢才的渴慕之意嗎?

短歌行 (其一)①

〔東漢〕曹操

對酒當歌②，人生幾何?

譬如朝露③，去日苦多④。

慨當以慷⑤，憂思難忘⑥。

何以解憂?唯有杜康⑦。

青青子衿⑧，悠悠我心⑨。

但為君故⑩，沉吟至今⑪。

呦呦鹿鳴，食野之苹。

我有嘉賓，鼓瑟吹笙⑫。

明明如月，何時可掇⑬?

憂從中來，不可斷絕⑭。

越陌度阡^⑮，枉用相存^⑯。

契闊談讌^⑰，心念舊恩^⑱。

月明星稀，烏鵲南飛。

繞樹三匝，何枝可依^⑲？

山不厭高，水不厭深^⑳。

周公吐哺^㉑，天下歸心^㉒。

【作者簡介】

曹操（公元一五五至二二零年），字孟德，沛國譙（粵 ciu⁴〔潮〕普 qiáo；今安徽省西北亳（粵 bok³〔博〕普 bó）州市）人。東漢末著名的政治家、軍事家和文學家。東漢末年，曹操加入鎮壓黃巾軍的行列，後起兵討伐董卓，奉迎漢獻帝，遷都許昌，挾天子以令諸侯。他先後攻滅袁術、袁紹等割據勢力，統一了北方，成為北方的實際統治者。他在主政期間採取抑制豪強、實行「屯田」等一系列有利於恢復生產的措施，促進了經濟發展。他亦施行「唯才是舉」的用人政策，全面招攬人才，為魏國的建立奠定基礎。曹操死後，他的長子曹丕廢漢稱帝，追尊曹操為武皇帝，後世稱之為魏武帝。

曹操在文學上也頗有建樹，他的詩歌繼承了漢樂府民歌的寫實傳統，並創新了寫作內容，或抒寫個人政治抱負，或反映社會動亂現實，語言質樸，感情深沉，風格慷慨悲涼，是建安文學的代表作家——「三曹」之首。著有《魏武帝集》。

【注釋】

① 《短歌行》：樂府舊題名，屬於樂府《相和歌辭・平調曲》，曲調已亡佚。曹操現存《短歌行》兩首，這是第一首，是曹操的代表作之一。除了《短歌行》，還有《長歌行》。所謂「短歌」、「長歌」，是指歌詞音節長短而言；而「行」是古代詩歌的一種體裁。

② 對酒當歌：一邊喝酒，一邊唱歌。當：對。

③ 朝露：清晨的露水，太陽出來後就馬上消失，比喻人生短暫。

④ 去日：過去的日子。苦：恨。

⑤ 慨當以慷（粵 hong¹〔康〕普 kāng）：指歌聲慷慨激昂。「慨當以慷」是「慷慨」的間隔用法，「當以」二字只用來調節音韻，無實際意義。一說「當以」解作「應當用」，指應當用激昂慷慨的方式唱歌。

⑥ 憂思：憂愁之思。難忘：這裏指憂思太多。

⑦ 唯：只。杜康：相傳古代最早造酒的人，這裏代指美酒。

⑧ 青青子衿（粵 kam¹〔襟〕普 jīn），悠悠我心：出自《詩經・鄭風・子衿》中的詩句，表達情人之間的誠摯思念，這裏用來表達對人才的渴望。青：青色。衿：同「襟」，衣領。「青衿」是周代讀書人的服裝特徵，後來指代讀書人。

⑨ 悠悠：長久的樣子，這裏形容思慮深長。

⑩ 但：只。君：你，這裏指曹操所渴望的人才。故：原因。

⑪ 沉吟：低聲吟詠。

⑫ 「呦呦（粵 jau¹〔憂〕普 yōu）鹿鳴」四句：出自《詩經・小雅・鹿鳴》，本為迎賓宴客之歌，此處用來表示對賢才的渴望。呦呦：鹿鳴的聲音。苹：艾蒿（粵 hou¹〔哈高切〕普 hāo）。嘉賓：貴客。鼓：彈奏。瑟（粵 sat¹〔室〕普 sè）：一種弦樂器。笙：一種管樂器。

⑬ 掇（粵 zyut³〔啜〕普 duō）：摘取。這兩句是借明月來說明賢才難得。

⑭ 中：心中，內心。不可斷絕：表示詩人對賢才難求的憂思難以斷絕。

⑮ 陌、阡：田間小路，東西向為陌，南北向為阡。此句形容客人遠道而來。

⑯ 枉用相存：屈就來訪的意思。枉：屈駕，屈就。此為對賢才遠道而來的敬辭。用：以。相：互相。存：問候，看望。

⑰ 契（粵 kit³〔揭〕普 qiè）：投合。闊：疏遠，離散。契闊在這裏是指久別重逢。談讌：談心宴飲。讌：同「宴」。

⑱ 舊恩：舊日的情誼。

⑲ 「月明星稀」四句：比喻賢才像烏鵲一樣到處奔走，無所依託。三：表示多，非確數。匝（粵 zaap³〔正甲切〕普 zā）：周，圈。

⑳ 「山不厭高」兩句：出自《管子・形解》的「海不辭水，故能成其大；山不辭土，故能成其高；明主不厭人，故能成其眾」，表示自己對於人才都會無任歡迎。厭：滿足。

㉑ 周公：姓姬（粵 gei¹〔基〕普 jī），名旦，西周初期著名的政治家。吐哺（粵 bou⁶〔部〕普 bǔ）：把口中正咀嚼的食物吐出來。《史記・魯周公世家》記載周公禮賢下士，一頓飯期間，多次停食，以接待來訪賓客。詩人在此處用周公的典故是說自己虛心對待賢才。

㉒ 歸心：民心歸附。

【解讀】

詩人從眼前的歡宴寫起，抒發時光易逝、可惜功業未就的苦悶，反覆吟詠求賢若渴的急切心情，表達建功立業的強烈意志，也展現胸懷天下的恢弘氣度。

詩歌為四言體，四句一節，八句一段，結構整飭，層次分明。詩人一開始以酒發端，感歎時光易逝、人生苦短，帶出詩人早建功業的迫切心情。「慨當以慷」四句寫出詩人感情激蕩、內心不平，表達詩人對時世艱難、良才難求的情況難以釋懷，只好借酒消解憂愁。「青青子衿」兩句活用《詩經》的內容，巧妙表達了詩人對賢才的思慕之情。「但為君故」兩句直接以對話的口吻向心目中的賢才訴說自己的渴望，感情真摯動人。「呦呦鹿鳴」四句同樣出自《詩經》，詩

人在此假設自己如果能夠迎得賢才，就會出現有如詩句中所描繪的鼓瑟吹笙、歡宴迎賓的場面。「明明如月」四句寫求賢的憂思像天上的明月一般，縈繞在心頭，難以斷絕。「越陌度阡」四句希望遠方的賢才友人能夠不辭勞苦，遠道而來幫助自己，一起宴飲談心，暢敍舊情。至於「月明星稀」四句，詩人用烏鵲作比喻，號召當前無所依託的賢才投奔自己。最後四句則歸結全文，表明自己像周公一樣，禮賢下士，廣招天下賢才，至此詩人一統江山的大志也躍然而出。

　　詩人運用大量筆墨來表達自己的求賢之思，更綜合運用了引用、比興等多種表現手法，極盡委婉曲折。人才難得的愁思被詩人反覆沉吟，甚至需要用酒來消解，但詩人的情感卻不流於消極，而是在深沉動人中蘊含着積極進取，最終情感迸發，一句「周公吐哺，天下歸心」展示出自己博大廣闊的胸懷和一統江山的決心。

【文化知識】

建安文學

　　建安是東漢末漢獻帝的年號。建安時期，曹操父子都愛好文學，在他們身邊也吸引了眾多文士，逐漸形成了以「三曹」（曹操、曹丕、曹植）、「七子」（孔融、陳琳、王粲、徐幹、阮瑀（粵jyu⁵〔雨〕普yǔ）、應瑒（粵jing¹ joeng⁴〔英洋〕普yīng yāng）、劉楨）為代表的文人集團。他們創作了大量優秀的文學作品，內容上大多反映社會動亂的現實和民生疾苦，同時也表現出統一天下、建功立業的理想與壯志；思想上逐漸擺脫了「獨尊儒術」的束縛，注重作品本身的抒情性，常常表現出慷慨激昂的思想感情。這種文學的迅速發展，從建安年間一直延續到魏明帝時期，後人將這一時期的文學稱為「建安文學」。建安文學內容充實、感情充沛，具有鮮明的時代特色，表現出慷慨悲涼的風格，後人將這種文學藝術特色稱為「建安風骨」。

【練習】

（參考答案見第 196 頁）

❶ 試指出詩人在詩歌第二部分「青青子衿」至「鼓瑟吹笙」一段，化用《詩經》詩句的含義。

❷ 詩歌第三部分「明明如月」至「心念舊恩」一段，在全詩結構上起了甚麼作用？

❸ 詩歌第四部分中寫烏鵲的四句運用了甚麼手法？詩人有何用意？

❹ 你認為曹操心目中的「唯才是用」，和今天的平等政策，概念上有何異同之處？

歸園田居（其一）

〔東晉〕陶淵明

【引言】

　　現代都市人生活繁忙緊張，有時若能放下凡塵俗務，到綠野處處的鄉郊舒展身心，誠為一件賞心樂事。讀陶淵明的詩，會不覺被一股純樸古拙的氣氛所牽引，與詩人離開世俗煩囂，一起走進充滿田園氣息的村莊，遙看悠遠的炊煙、細聽籬下的雞啼、呼吸田野間泥土的氣息……放眼自然造化，心靈返璞歸真，「採菊東籬下，悠然見南山」的情境躍然紙上。

　　陶淵明對田園生活如此陶醉，當從其個人經歷說起。倘若理想和現實不能兩全，你會怎樣作出抉擇？陶淵明在少年時代本有大濟蒼生的壯志，可惜面對腐敗的東晉政權，加上在重視家世出身的社會環境下，詩人有志不能伸，濟世的抱負無從施展，更兼面對為官須委身違心的困局，他最終選擇了順應本性，辭官歸故里。這首詩體現了陶淵明對官場和歸隱兩種極端生活的觀感，表達出他對官場俗務的厭惡，以及對田園生活的熱愛。詩人終能順心而行，欣喜之情溢於言表。

　　讀本詩時，不妨細味陶詩平淡自然的風格，欣賞詩中所描繪的田園風光、自然面貌，從而感受其恬淡閒適的心境，體會寧靜安謐（粵 mat⁶〔物〕普 mi）的詩意。清人沈德潛在《古詩源》中這樣評價陶

淵明：「清遠閒放，是其本色，而其中自有一段淵深朴（通「樸」）茂，不可幾及處。」意指陶詩表面雖顯淺易明，但其高妙之處，卻為後人所不能及，值得品味。

歸園田居（其一）①

〔東晉〕陶淵明

少無適俗韻②，性本愛丘山。
誤落塵網中③，一去三十年④。
羈鳥戀舊林⑤，池魚思故淵⑥。
開荒南野際⑦，守拙歸園田⑧。
方宅十餘畝⑨，草屋八九間。
榆柳蔭後簷，桃李羅堂前⑩。
曖曖遠人村⑪，依依墟里煙⑫。
狗吠深巷中，雞鳴桑樹顛⑬。
戶庭無塵雜⑭，虛室有餘閒⑮。
久在樊籠裏，復得返自然⑯。

【作者簡介】

　　陶淵明（約公元三六五至四二七年），又名潛，字元亮，自號「五柳先生」。東晉至南朝劉宋時期潯（粵 cam⁴〔尋〕普 xún）陽柴桑（今江西省九江市西南）人。陶淵明出身於沒落的貴族世家，曾幾度入仕，均不久即歸。這些經歷讓他逐漸認清當時官場的污濁與黑暗，最終在任彭澤（今九江市東北）令時，不願為「五斗米折腰」，從此辭官歸隱，過着躬耕自足的田園生活。他的詩歌風格多樣，有慷慨豪邁的詠懷詩、有感慨深長的哲理詩，也有清新自然的田園詩，其中以田園詩最為後人稱道。他的田園詩巧妙地將情、景、理三者結合起來，描寫農村風光和田園生活，抒發棄官歸隱之志。他的詩歌風格清新自然，描寫細膩，具有強烈的藝術魅力，開創了中國古典詩歌的一個重要流派 —— 田園詩派。他安貧樂道的高尚情操亦深受後世文人的推崇。著有《陶淵明集》。

【注釋】

① 《歸園田居》：陶淵明辭去彭澤令歸隱後的第二年（晉安帝義熙二年；公元四零六年）所作的組詩。此詩為五首中第一首，寫出詩人辭官的原因及回歸田園後的愉快心情，熱情地歌頌了農村的純樸恬靜生活和秀美的田園風光，也批判了官場的黑暗。這是陶淵明田園詩的代表作之一。

② 適：投合。俗：世俗。韻：品性，氣質。此句指詩人從小就沒有投合世俗的本性。

③ 塵網：這裏比喻像羅網一樣污濁而拘束的官場。

④ 三十年：有後人考辨應為「十三年」。因為詩人從二十九歲出仕至四十一歲辭官，共歷十三年。

⑤ 羈（粵 gei¹〔基〕普 jī）鳥：借指籠中之鳥。羈：拘束，囚禁。

⑥ 池魚：池中之魚。故淵：指池中之魚以前所生活的水潭。

⑦ 際：間。

⑧ 守拙：守正不阿（粵 o¹〔柯〕普 ē；迎合），指保持自身純樸的本質。

⑨ 方宅：住宅的方圓大小。方：方圓，周圍。畝：傳統土地面積單位，一畝折合約六百六十七平方米。

⑩ 蔭：作動詞用，指遮蓋。簷（粵 jim⁴〔嚴〕普 yán）：屋頂邊緣突出的部分。羅：羅列，排列。

⑪ 曖（粵 oi²〔藹〕普 ài）曖：昏暗不明。

⑫ 依依：輕柔飄搖、若有若無。墟里：村落。煙：炊煙。

⑬ 顛：此處通「巔」，頂部。

⑭ 戶庭：門庭。塵雜：世俗的雜事。

⑮ 虛室：陳設簡陋、環境寧靜的房子。餘閒：很多閒暇。這兩句是描寫家無俗世的事務煩擾、心有閒適的家居生活。

⑯ 樊（粵 faan⁴〔煩〕普 fán）籠：關鳥獸的籠子，比喻官場。復：再次。

【解讀】

　　本詩寫於陶淵明辭官歸隱後不久，從內容上可以看出此詩所反映的，正是詩人這一時期的心路歷程和生活境況。「少無適俗韻」至「守拙歸園田」為第一部分，描寫了詩人對歸隱前生活的回憶、對塵俗雜事的紛擾表示厭倦，最終決定歸守園田。詩人先從自己少年時的愛好說起，表明自己熱愛山水的本性。繼而回憶自從踏入仕途，即受到塵俗雜事的紛擾，就像落入網中，被束縛多年。接下來詩人用「羈鳥」和「池魚」自比，表達自己要求擺脫束縛的強烈願望，最終決定守拙回歸，開始躬耕自足的田園生活。其後從「方宅十餘畝」到「虛室有餘閒」為第二部分，詩人詳細描繪了田園生活的各種細節，呈現出一幅細膩而不繁雜、寧靜而又充滿活力的田園生活圖，字裏行間流露出詩人對這種生活的欣喜和滿足。其中「方

宅」二句是對詩人住所的宏觀描繪。接下來「榆柳」二句，則詳細描繪了居所前後的各種樹木，呈現出綠樹成蔭、欣欣向榮的畫面。「曖曖」兩句是對村居生活的遠觀，巧妙的疊詞運用，形象地描摹出村落若隱若現、如世外桃源般的情景。後兩句筆鋒一轉，打破了沉靜：深巷狗吠，悠遠而不震耳；樹頂雞鳴，嘹亮而不嘈雜，既給平靜的鄉村增添活力，也襯托出田園生活的自然及和諧。「戶庭」二句總述這種田園生活可以隔絕塵世俗事的煩擾，讓自己有更多餘暇。最後一部分只有兩句：「久在樊籠裏，復得返自然。」直接表達出詩人厭棄官場種種的束縛，以及對回歸田園的喜悅，字裏行間洋溢着對目前生活的滿足與適意。

　　詩人詳述了地有幾畝、屋有幾間、榆柳如何、桃李如何、遠觀村落如何、狗吠雞鳴如何，林林總總，似乎瑣碎不堪，其實是真實體現了詩人棄官還鄉後，欣然自足的心情，讓這些極平常的景象也呈現出與別不同的趣味。詩歌語言清新自然、不事雕琢，主要運用了白描的藝術手法，勾勒出世外桃源般的田園生活場景，表達出詩人逃脫樊籠、歸於自然的喜悅之情，以及潔身自好、躬耕守拙的高尚情操。

【文化知識】

魏晉風度

　　魏晉風度，一般被理解為魏晉時期士人獨特的人格精神和生活方式。當時長期戰亂、社會動盪，生離死別，無日無之，魏晉士人意識到生命的短暫和可貴，因而重視對自我的欣賞和表現。《老子》和《莊子》等宣揚人生無常、企求解脫的學說由此觸動人心，士人熱衷於清談玄學，或放誕逍遙、或服藥養生、或縱情飲酒、或寄情山水，體現出各具個性、甚至是誇張的行為風格。三國時期的「竹林七賢」（嵇（粵kai¹〔溪〕普 jī）康、阮籍、山濤、向秀、劉伶、王

戎（粵 jung⁴〔容〕普 róng）、阮咸）和東晉的陶淵明都是代表人物。

魏晉風度作為當時士人意識形態的一種人格表現，成為當時的審美理想，對我國哲學和文學的發展具有重要意義。然而，魏晉名士沉湎酒鄉、放誕佯狂、空談竟日、不務世事、服藥求仙等行為，卻又為後人所詬病。

【練習】
（參考答案見第 197 頁）

❶ 詩人如何從不同的角度及感官描繪田園風光？試舉出詩中句子加以說明。

❷ 詩人花了不少篇幅描繪田園景致，如此鋪排有何作用？

❸ 詩人在詩題及詩句中均用了「歸園田」一語，作者用此「歸」字有何深意？

❹ 詩人如何安排本篇的結構佈局？試加以說明。

淵明醉歸圖

山居秋暝

〔唐〕王維

【引言】

　　要寫出一篇描繪山水的好文章，落墨前若能先在取材上下一番功夫，選出具代表性的景物，刻劃物象的動靜，再對文字細意推敲，必有所成。

　　王維不僅是一位詩人，更精通書畫和音樂。讀他的詩，有如展開一幅幅恬淡自然的畫卷，景物人物精巧細緻，佈局巧妙。投身詩境，讓人有如置身畫圖之中。蘇軾在《東坡志林》有謂：「味摩詰之詩，詩中有畫；味摩詰之畫，畫中有詩。」一語道破王維詩畫合璧的藝術特點。從本詩可見，詩人對大自然觀察入微，能捕捉明月清泉那一瞬間的美，抓住山居生活的情趣，以畫家構圖的藝術眼光，化景為詩，遂成一幅別緻的山水小品。

　　讀《山居秋暝》，可以感受作者在秋天黃昏，於山間漫步的所見所聞：一場秋雨剛過，山間格外清涼舒爽。走過松樹林，抬頭可見明月相照，低頭已是滿地清華；走近溪邊，靜觀泉水涓涓而流，輕輕撫摸溪石而去……山間的空靈幽靜展現於讀者眼前。隨後，作者寫竹林裏傳來陣陣歌聲笑語，原來是一羣正在歸家的浣女，山間忽爾變得活潑熱鬧。繼而再寫漁舟經過，蓮葉向兩邊擺動，靜中帶動，更覺寧謐。作者筆下的山間景色，一靜一動，交映生輝。另一

值得注意的地方，是本詩動詞的運用，「照」、「流」、「歸」、「下」，用字雖淺，卻成為各句的詩眼呢！

山居秋暝①

〔唐〕王維

空山新雨後，天氣晚來秋。

明月松間照，清泉石上流。

竹喧歸浣女②，蓮動下漁舟。

隨意春芳歇，王孫自可留③。

【作者簡介】

　　王維（公元七零一至七六一年），字摩詰（粵kit³〔揭〕普jié），唐代山西蒲（粵pou⁴〔葡〕普pú）州（今山西省西南永濟市）人，少有才名。二十一歲中進士，任大樂丞，掌管朝廷禮樂。因伶人演黃獅子舞受牽連，被貶為濟州（今永濟市）司倉參軍。張九齡為相後，升為右拾遺，轉監察御使，曾奉使出塞。在安史之亂中，為叛軍所俘，被迫任偽職。安史之亂被平定後，以事敵論罪。後官至尚書右丞，掌錢穀等事，世稱「王右丞」。王維早年思想積極，嚮往開明政治，中年後則漸變消極無為，晚年移居輞川別業，篤信佛教，過着半官半隱的生活。王維才華橫溢，精通音樂、繪畫、詩文。他的詩

歌融繪畫、音樂、禪理於一體，語言自然凝練，形象鮮明生動，意境高遠，故有「詩佛」之稱。蘇軾稱讚他「詩中有畫」、「畫中有詩」，他的詩歌題材多樣，尤以山水田園詩影響最大，與孟浩然並稱為盛唐山水田園詩的代表詩人，合稱「王孟」。著有《王右丞集》留世。

【注釋】

① 《山居秋暝》：王維的山水詩代表作之一，作於晚年。山居：山中的住所，即位於陝西省西安市藍田縣西南的「輞（粵 mong⁵〔網〕普 wǎng）川別業」。暝（粵 ming⁴〔明〕普 míng）：黃昏。

② 竹喧（粵 hyun¹〔圈〕普 xuān）：竹林中的喧響。歸：返回，指浣（粵 wun⁵〔永滿切〕普 huàn）女回家，這句與正常語序不同，應理解為「竹喧浣女歸」，同樣後句「蓮動下漁舟」可以理解為「蓮動漁舟下」。浣女：洗衣女子。

③ 隨意：任憑。春芳：春天的花草。歇（粵 hit³〔氣結切〕普 xiē）：凋謝。王孫：本指貴族子弟，這裏是詩人自指或泛指他人。淮南小山《楚辭·招隱士》中有言：「王孫兮歸來，山中兮不可以久留。」作者在這裏反用其意，指任憑春芳秋零，一樣可以長留在山中，表現出詩人樂於隱逸的生活情趣。

【解讀】

詩歌前四句，純是對天然之景的自然描摹。首聯（第一、二句）整體寫傍晚時分秋雨初晴後的山中景象。一個「空」字彷彿讓人看到山的空闊淡遠，一個「新」字似乎可以嗅出秋雨初霽（粵 zai³〔制〕普 jì；轉晴）的清新，一句「晚來秋」讓人感到薄暮秋涼的意味。三組意象一出，讓讀者自然融入詩歌淡遠、清新、秋涼的山居生活。

頷（粵ham⁵〔蟹凜切〕普hàn；下巴）聯（第三、四句）對仗工整，卻又渾然天成、富有禪意。「明月松間照」是極寫靜，通過月光和青松互相襯托的無聲畫面，營造出一種遠離塵囂、清冷孤寂的畫面；「清泉石上流」是以動寫靜，給這山中清寂帶來一絲靈動。頸聯（第五、六句）為這種清冷幽寂加入了人的活動。聽到竹林中的喧響，知是浣衣女子一邊歸家，一邊笑語；看見蓮葉的搖動，知是漁船推開蓮葉，順水而下。「竹喧」是以聽覺上的動襯托靜，「蓮動」則以視覺上的動襯托靜，給出塵脫俗的山中帶來生氣，傳神地展現了清幽雅致卻不孤獨的山居生活。尾聯（第七、八句）反用《楚辭‧招隱士》中的典故，巧妙地表達出詩人自己意在山中的志趣：任由春天芳華凋零，山中自有美景無數，因此最終還是要留居山中。

　　全詩將空山雨後的秋涼，松間明月的清冷，石上清泉的靈動，竹林中浣女歸來的喧笑以及荷葉裏漁船穿過的風姿，和諧地融合在一起，在清新自然的語言中，讓讀者有所見、有所聞、有所感，乃至有所悟，在詩情畫意中寄託着詩人的高潔情懷和對理想生活的執着追求。

【文化知識】

山水田園詩

　　魏晉六朝時期，朝代更迭（粵gang¹ dit⁶〔庚秩〕普gēng dié；交替）頻繁，干戈紛擾，政治紊（粵man⁶〔問〕普wěn）亂，社會動盪不安，在這樣的時代背景下，不少詩人都醒覺起來，決意離開動盪的政治、黑暗的官場，藏身匿跡於山泉林木之間，隱逸之風一時大盛，從而使寄情山水的詩歌也越來越多。晉宋之際，陶淵明歸隱田園，開創了「田園詩派」。隨後謝靈運、謝朓（粵tiu³〔跳〕普tiǎo）等詩人組成了南朝山水詩派。及至唐代，王維、孟浩然等詩人將詩歌的山水田園傳統發揚光大，形成了盛唐山水田園詩派，至此山水田園詩

成為中國古典詩歌的一個重要流派。山水田園詩以描寫自然風光、田園景物以及安逸恬淡的隱居生活見長；多用清麗洗練的語言，並以白描手法，營造出雋永優美的詩境，形成恬靜淡雅的藝術風格。

【練習】
（參考答案見第 198 頁）

❶ 詩人如何突出山間的動與靜？

❷ 有謂王維的詩作「詩中有畫」，於本詩中何以見得？

❸ 本詩頸聯兩句先寫「竹喧」、「蓮動」，繼而才寫「浣女」、「漁舟」，這樣安排有何作用？

❹ 試指出本詩頷聯和頸聯各句在句式鋪排上有何不同之處。

蜀道難

〔唐〕李白

【引言】

　　唐人孟棨（粵 kai⁵〔啟〕普 qǐ）所編著的《本事詩》記載了一段有關李白的故事：「李太白初自蜀至京師，舍於逆旅（即旅館）。賀知章聞其名，首訪之，既奇其姿，復請所為文。出《蜀道難》以示之，讀未竟，稱歎者數回，號為『謫仙』。」詩仙李白被譽為「天上謫仙人」，甚至是「詩仙」，原來正正與這首《蜀道難》有關。賀知章當時還未讀完詩作，就忍不住連聲讚歎，以為妙絕。李白詩作素以想像雄奇豐富見稱，讀者可從本篇一睹詩人縱橫萬里的筆力。詩中所用的誇張、比喻層出不窮，景物描繪、場景刻劃非常逼真，果然予人「蜀道難」之感。

　　讀李白《蜀道難》，會不知不覺跟隨詩人的步伐，想像有關蜀道遙遠的歷史、沉吟於有關巴蜀的神話故事，從而想到秦蜀之間一點一點建成的天梯石棧，其險要的地勢莫不讓人畏懼。李白又善於運用各式各樣的襯托技巧，突出蜀道地勢之險，如指當地是「六龍回日之高標」，那可是多高的山呢，連日神御者羲和也要調頭；「下有衝波逆折之回川」，向下看卻是令人懼怕的激流呢，如果從蜀道掉下去，想必九死一生……李白通過大量虛實交錯的描寫，引領讀者走進危機四伏的蜀道。不知讀者會聽作者的勸告「不如早還家」，還

是更想負笈遠遊，一睹蜀道的風采？

　　且看清人沈德潛《唐詩別裁》對這首詩的評價：「筆陣縱橫，如虬（粵 kau⁴〔求〕普 qiú；傳說中一種無角的龍）飛蠖（粵 wok⁶〔鑊〕普 huò；一種昆蟲）動，起雷霆乎指顧之間⋯⋯太白所以為仙才也。」真是對李白及本詩高度而中肯的讚譽！

蜀道難①

〔唐〕李白

　　噫吁嚱②！危乎高哉！蜀道之難，難於上青天。蠶叢及魚鳧③，開國何茫然④。爾來四萬八千歲⑤，不與秦塞通人煙⑥。西當太白有鳥道⑦，可以橫絕峨眉巔⑧。地崩山摧壯士死⑨，然後天梯石棧相鈎連⑩。上有六龍回日之高標⑪，下有衝波逆折之回川⑫。黃鶴之飛尚不得過，猿猱欲度愁攀援⑬。青泥何盤盤⑭，百步九折縈巖巒⑮。捫參歷井仰脅息⑯，以手撫膺坐長歎⑰。問君西遊何時還？畏途巉巖不可攀⑱。但見悲鳥號枯木⑲，雄飛雌從繞林

間。又聞子規啼夜月⑳，愁空山。蜀道之難，難於上青天，使人聽此凋朱顏㉑。連峯去天不盈尺，枯松倒掛倚絕壁。飛湍瀑流爭喧豗㉒，砯崖轉石萬壑雷㉓。其險也如此，嗟爾遠道之人胡為乎來哉㉔！劍閣崢嶸而崔嵬㉕，一夫當關，萬夫莫開。所守或匪親，化為狼與豺㉖。朝避猛虎，夕避長蛇㉗。磨牙吮血，殺人如麻。錦城雖云樂㉘，不如早還家。蜀道之難，難於上青天。側身西望長咨嗟㉙！

【作者簡介】

李白（公元七零一至七六二年），字太白，號青蓮居士，又號「謫仙人」。祖籍隴西成紀（今甘肅省東南秦安縣），生於安西都護府的碎葉城（今吉爾吉斯斯坦北部托克托馬市），約五歲時隨父遷居蜀中綿州昌隆縣（今四川省北部江油縣）的青蓮鄉。青年時期出蜀漫遊，為實現自己的政治理想行走全國。唐玄宗天寶初年，應召赴京，供奉翰林，與賀知章、張旭等人合稱為「飲中八仙」。後因得罪權貴，被賜金放還，後繼續漫遊。安史之亂爆發後，李白受邀加入永王李璘的幕府，由於永王後與唐肅宗爭奪帝位，李白因此受到牽連，被流放夜郎，中途遇赦。其後漂泊於長江中下游地區，最後客死於當塗（今安徽省東部當塗縣）。

　　李白性格豪邁，交遊廣闊，他的詩題材多樣、內容豐富，有對個人理想志趣的表述、有對祖國山河的熱情描繪、也有對基層人民生活的同情和對黑暗現實的抨擊。總括來説，他的詩歌想像豐富瑰麗，風格雄健奔放，語言清新自然，氣韻酣（粵 ham⁴〔含〕普 hān）暢淋漓，具有強烈的浪漫主義色彩，是古代文學史上偉大的浪漫主義詩人，被後世譽為「詩仙」，與杜甫並稱「李杜」，為唐代詩壇的兩大高峯。著有《李太白集》。

【注釋】

① 《蜀道難》：樂府舊題，屬《相和歌．瑟調曲》，歷來內容多描寫蜀道的險阻，且以五言短詩為主，至李白發展為雜言長詩，在意旨及寫法上有所創新，為千古名篇。

② 噫吁嚱（粵 ji¹ heoi¹ hei³〔衣虛氣〕普 yī xū xì）：驚歎聲，蜀地方言。

③ 蠶叢、魚鳧（粵 fu⁴〔扶〕普 fú）：傳説中古代蜀國的兩個開國國王，難以考證。

④ 開國：建國。何：多麼。茫然：遙遠、飄渺。

⑤ 爾來：自蠶叢、魚鳧開國以來。四萬八千歲：誇張時間之漫長。

⑥ 秦塞：指秦地，即今日甘肅、陝西一帶，古代稱秦地為「四塞之國」，指秦地四周均為山川要塞。通人煙：人民往來。

⑦ 當：對。太白：指太白山，又名太乙山，是秦嶺主峯，在陝西省眉縣東南。鳥道：雀鳥可飛過的通道，形容人跡難至、山路高險。

⑧ 橫絕：橫跨、跨越。峨眉：峨眉山，在四川省峨眉縣。巔：山頂。

⑨ 地崩山摧壯士死：《華陽國志．蜀志》記載，蜀王好色，秦惠王許嫁五位美女給蜀王，蜀王派五位力士迎接，在返蜀的路上，見一大蛇鑽入山洞，力士合力捉住蛇尾，結果山崩，把五力士及五美女壓死，山分成五嶺，入蜀之路遂通。這裏用典故説明蜀道開拓的艱險。

⑩ 天梯：登天的梯子，形容山路高險。石棧（粵 zaan⁶〔賺〕普 zhàn）：

石壁上的棧道。修建棧道要先在絕壁上鑿孔，而後凌空架木構成。

⑪ 六龍回日：神話傳說中，太陽靠乘坐羲和駕馭六條龍所拉的車來運
行。這裏是說蜀道上的山勢太高，連太陽車到此也要折返。高標：
指山的最高峯。

⑫ 衝波：奔湧的波濤。逆折：倒流。回川：迴旋的急流。

⑬ 猱（粵 naau⁴〔撓〕普 náo）：一種善於攀爬的猿類動物。

⑭ 青泥：山嶺名，在陝西省略陽縣西北。青泥嶺懸崖高險，山上多雲
雨，路上多泥沼，故名青泥嶺。盤盤：極其曲折。

⑮ 百步九折：極言山路曲折，百、九都不是確指。縈（粵 jing⁴〔形〕普
yíng）：繞。巖巒：山峯。

⑯ 捫（粵 mun⁴〔門〕普 mén）：觸摸。歷：經過。參（粵 sam¹〔心〕普
shēn）、井：古代天文學的星宿名稱，古人把天上的星宿與地上的區
域對應起來，稱為「星宿分野」。秦地對應「井宿」的分野，蜀地對
應「參宿」的分野。脅息：因害怕而屏息靜氣，不敢呼吸。

⑰ 膺（粵 jing¹〔英〕普 yīng）：胸口。

⑱ 巉（粵 caam⁴〔蠶〕普 chán）巖：高險的山石。

⑲ 但見：只見。號（粵 hou⁴〔毫〕普 háo）古木：在古木叢中號叫。

⑳ 子規：即杜鵑鳥。相傳蜀國望帝死後魂魄化為子規，啼聲哀怨動
人。啼夜月：在月夜下啼鳴。

㉑ 凋朱顏：這裏指因發愁而衰老。朱顏：紅顏。

㉒ 飛湍（粵 teon¹〔他遵切〕普 tuān）：飛奔而下的急流。喧豗（粵 fui¹〔灰〕
普 huī）：本指紛亂吵鬧的聲音，這裏指急流和瀑布所發出的巨響。

㉓ 砯（粵 ping¹〔娉〕普 pīng）：流水撞擊山石的聲音。萬壑（粵 kok³〔確〕
普 hè）雷：千山萬谷中發出雷鳴般的響聲。

㉔ 嗟（粵 ze¹〔遮〕普 jiē）：表示感歎。爾：你，指前來蜀地之人。胡為
乎：為甚麼。來：指前來蜀地。

㉕ 劍閣：在四川省劍閣縣北，是秦蜀間的交通要道，地形險要，唐
代時在此設立劍門關。崢嶸：高峻的樣子。崔嵬（粵 ngai¹〔危〕普
wéi）：山勢高峻。

㉖ 「一夫當關」四句：見西晉張載《劍閣銘》：「一夫荷戟（粵 ho⁶ gik¹〔賀擊〕普 hè jǐ），萬夫趑趄（粵 zi¹ zeoi¹〔之追〕普 zī jū）。形勝之地，非親勿居。」詩中四句是原文的化用，指劍閣是連通秦蜀的要道，形勢險要，如果不是由心腹或親信駐守，容易發生叛亂。匪（粵 fei²〔翡〕普 fěi）：通「非」。狼與豺：比喻叛亂者。

㉗ 猛虎、長蛇：比喻叛亂者。這兩句是互文，意思是從早到晚都要避開猛虎、長蛇等害人之物。

㉘ 錦城：即錦官城，也即是成都。成都盛產織錦，蜀漢時曾設管理織錦的官員「錦官」，停駐在此，後來「錦官城」就成為成都的別稱。

㉙ 咨嗟：歎息。

【解讀】

　　《蜀道難》是樂府舊題，李白沿用之，並加入豐富的想像，以雄健的筆調，誇張的手法，及張弛有度的雜言體例，描繪了由秦入蜀途中奇險壯美的山川，完美展現了自己傑出的藝術才華。本詩基本按照了由秦入蜀的路線，來描述蜀道山川的艱難奇絕。全詩可以分為三個部分。

　　第一部分到從首句到「以手撫膺坐長歎」。這部分主要述說蜀道的開拓之難。詩歌起句連用三個語氣詞，表達對蜀道山巒高險的驚歎。蜀道有多艱險？詩人直言，蜀道之難，難於登天。如此開題，聲勢迫人、不同凡響。其後是通過對蜀道開拓歷史的追溯，以及沿途重要地標的描繪，極言蜀道之難。從神祕的蠶叢、魚鳧開始，四萬八千年以來，蜀與秦依舊隔絕，等到浪漫悲情的五丁開山之後，才有天梯一般艱險的道路，以及絕壁外凌空的棧道聯繫兩地。沿途有只存鳥道的太白山，有百步九回的青泥嶺；上有迫使太陽神的座駕掉頭的高峯，下有波濤翻滾迴旋的急流。高飛的黃鶴都難以通過，善於攀援的猿猱也在發愁。遊人到此仰着頭、屏住呼吸，似乎

星宿觸手可及，只好以手撫胸長歎息。

第二部分從「問君西遊何時還」開始，到「嗟爾遠道之人胡為乎來哉」，描述的是蜀道的行路之難，主要寫沿途自然環境之險惡。詩人用設問引起下文，直言西行入蜀之難，有高險的山岩阻隔，難以攀登。其後古木深山、悲鳥長號、子規啼月，畫面荒涼、氣氛孤寂，讓人心中鬱結、臉上失色。其後「連峯」高絕，枯松倒掛，飛湍瀑流、聲勢驚人。最後用蜀人的口吻反問西遊之人：為甚麼一定要來這裏呢？

第三部分是借人禍來寫蜀道的守衛之難。詩人以劍閣為例，強調蜀道地形險要，一旦駐守之人不是親信，就容易發生叛亂割據。那時叛軍就化身豺狼，或猛虎長蛇，到處是血腥和殺戮。詩人藉着蜀地的地形特點，表達了自己在政治上的擔憂，因此也奉勸西遊之人，錦官城雖然生活無憂，不過還是及早回家。

縱觀全篇，詩中三次感歎「蜀道之難，難於上青天」，令全詩結構完整，情感相互呼應。詩人廣採傳說、想像豐富，綜合運用誇張、對比、反襯、渲染呼告等多種藝術手法，描摹出了五丁開山、六龍回日、黃鶴飛翔、猿猱攀援、悲鳥號木、子規啼月、枯松倒掛、飛瀑爭流等許多絢麗多姿的畫面，既表現了蜀道之險，也使全詩瀰漫着神祕而浪漫的氣息。詩句長短錯落，雜言對句相間，語言自由奔放，情感隨之張弛，抒發自然。

【文化知識】

金龜換酒

唐代孟棨（粵 kai⁵〔啟〕普 qǐ）在《本事詩》中記載了一則有關李白《蜀道難》的趣事：李白初到京師時，住在客舍之中。賀知章聽説他的才名，就去拜訪他。與李白見面後，賀知章對他的風姿十分欣賞，繼而想拜讀他的文章，李白就拿出了《蜀道難》。賀知章還未

讀完，就接連稱讚四次，並稱李白為「謫仙」。兩人相逢恨晚，遂成莫逆。有一次賀知章邀請李白對酒共飲，不巧賀知章忘帶酒錢，於是毫不猶豫地解下佩帶的金龜（當時官員的佩飾物）來換酒，與李白開懷暢飲，自此就有了「金龜換酒」的典故。後來賀知章老死於會稽，當李白漫遊會稽時，就憶起此事，還寫了兩首《對酒憶賀監（賀監：賀知章曾為祕書監，晚年自號「祕書外監」，故稱）》來懷念賀知章，其中一首這樣寫道：「四明有狂客（四明狂客：賀知章的別號），風流賀季真（季真：賀知章的別字）。長安一相見，呼我謫仙人。昔好杯中物，翻為松下塵。金龜換酒處，卻憶淚沾巾。」

【練習】

（參考答案見第 199 頁）

❶ 在本詩中，詩人從哪幾方面描寫出「蜀道之難」？

❷ 詩人一再重複「蜀道之難，難於上青天」一句，有何用意？

❸ 何以見得本篇具豐富的想像力？試舉出其中一個例子。

❹ 你認為詩中「一夫當關，萬夫莫開。所守或匪親，化為狼與豺」幾句，與當時的政局有甚麼關係？

太白行吟圖

月下獨酌（其一）

〔唐〕李白

【引言】

每當遇上人生不順遂之時，憂愁揮之不去，你會如何面對？我想不少人會找來知己，盡訴心中鬱結，又或痛飲千杯，以洩心頭之不快。

李白也曾遇上人生不如意的時候。雖然他曾被賀知章譽為「天上謫仙人」，在京城名振一時，又被唐玄宗賞識，命為翰林供奉。可是，現實往往事與願違。當他在長安任官之時，本以為有機會發揮所長，實現政治抱負，豈料唐玄宗只想他當個文學侍臣，點綴一下宮廷生活。李白感到有志難伸，心情難免鬱結。

可惜李白身邊知己不多，只好獨自在月下借酒消愁，卻能無中生有地幻化出我、月、影三「人」，孤寂淒清的場景忽爾變得熱鬧起來，這樣豐富而曠達的想像，不可不說是千古奇趣。可是，詩人越是描繪出熱鬧的場景，豈不是越反襯出詩題的「獨」？在《唐詩三百首》中，蘅塘退士曾就本詩評曰：「月下獨酌，詩偏幻出三人。月影伴説，反覆推勘，愈形其獨。」可見要是李白很享受這獨處時刻的話，就不用想像月與影跟自己一起飲酒吧。

詩人能把眼前「獨酌」這難堪的情境，寫成一場高歌起舞的熱鬧聚會，想像高妙。詩中情感的開闔（粵 hap⁶〔合〕普 hé；闔闢）變化很大，可見作者心情之反覆矛盾。詩末更以「物我兩忘」、「相期銀漢」作結，虛實交錯，意境高遠。

月下獨酌①（其一）

〔唐〕李白

花間一壺酒，獨酌無相親②。

舉杯邀明月，對影成三人③。

月既不解飲④，影徒隨我身⑤。

暫伴月將影⑥，行樂須及春⑦。

我歌月徘徊⑧，我舞影零亂⑨。

醒時同交歡⑩，醉後各分散。

永結無情遊⑪，相期邈雲漢⑫。

【注釋】

① 《月下獨酌》：李白於天寶三載（公元七四四年）所寫的組詩，由四首五言古詩組成，這篇是第一首。酌（粵 zoek³〔爵〕普 zhuó）：本指「斟酒」，後引申為「飲酒」。

② 無相親：沒有親近的人陪伴。

③ 舉杯邀明月，對影成三人：詩人舉起酒杯邀請明月共飲，明月、詩人自己，以及其在月光下的影子，正好湊成了三個「人」。

④ 既：已經。不解飲：不會喝酒。解：懂得，會。

⑤ 徒：空，白白地。

⑥ 將：和。

⑦ 及春：趁着春光明媚之時。

⑧ 月徘徊（粵 pui⁴ wui⁴〔陪回〕普 pái huái）：明月與詩人一起來回走動。

⑨ 影零亂：詩人起舞後，影子也隨之散亂。

⑩ 交歡：指詩人與月亮和影子一起歡樂。

⑪ 無情遊：忘卻世情的交遊。

⑫ 相期邈（粵 mok⁶〔莫〕普 miǎo）雲漢：約定在銀河相見。期：約定。邈：遙遠。雲漢：指銀河。

【解讀】

　　李白寫這首詩的時候，正於朝廷當官。他性格孤傲、恃才放曠，自然受到他人排擠，難免鬱鬱不得志。李白既無法改變自身的處境，也尋找不到其他出路，無法實現政治理想，心中十分苦悶，只好借飲酒來打發時光。然而心中的孤寂苦悶無法排遣，李白於是寫下了這一組詩《月下獨酌》。詩人於月下一個人飲酒時，感到十分孤獨，於是運用豐富的想像，邀請明月、影子與自己對飲。酒到濃時，詩人於月下歌舞，並相約明月和影子一起遊玩。表面看來，詩人能自得其樂，但細細品味，這背後卻有無限的淒涼之感。

　　詩歌開首描寫了花叢間詩人獨自飲酒的場景。詩人無法忍受這孤獨，於是忽發奇想，邀請天上的明月和月光下自己的影子，與自己共飲。之前冷清空寂的場景，頓時變得熱鬧起來了。可是，明月終究是「不解飲」的，影子也無法真正陪伴自己。詩人唯有暫且與

明月和影子作伴，趁着春光明媚，及時行樂。酒越喝越多，詩人也越醉越有興致。在月色下，詩人唱起歌來、跳起舞來，明月隨之徘徊，身影隨之零亂。清醒的時候尚且可以一起遊玩，可是喝醉之後詩人要回家休息，只好與明月、影子告別。他真誠地和明月、影子相約，要一起忘卻世間的紛擾，到銀河相見，表達出「物我兩忘」的思想。

本詩以獨白的形式，通過熱鬧的場景抒發孤寂的情感，形成了強烈的對比效果，表達出詩人的苦悶與寂寞。豐富的想像是本詩的一大特色，詩人在月色下飲酒，將明月、身影和自己湊成三「人」，一起飲酒，表現出自己從孤獨到不孤獨，再到孤獨，復而不孤獨的感受，情感波瀾起伏、反覆矛盾。詩人還運用了擬人手法，賦予明月、影子以人的行為和思想，藉此「陪伴」詩人歌舞。

【文化知識】

李白與月亮

月光皎潔、柔美，引起了前人無數的想像，創造了許多美麗的傳說以讚美月亮。古代許多文人也鍾情於月亮，其中以李白最為突出。李白一生與月亮結下了不解之緣，而他對月亮的喜愛也催生了許多名篇佳作。在這些詩歌中，他以月亮寄託思鄉之情，如「舉頭望明月，低頭思故鄉」（《靜夜思》）；或借月亮訴說自己對美好事物的追求，如「人遊月邊去，舟在空中行」（《送王屋山人魏萬還王屋》）；或通過月亮表達對人生、宇宙的思考，如「人攀明月不可得，月行卻與人相隨」（《把酒問月》）。

【練習】

（參考答案見第 200 頁）

❶ 詩人在詩歌開首寫「花間一壺酒，獨酌無相親」，可見他當時心情是怎樣的？

❷ 本詩的情感開闔起伏是怎樣的？試加以說明。

❸ 「我歌月徘徊，我舞影零亂」顯示作者當時正處於怎樣的狀態？

❹ 為何詩人要與月亮和影子「永結無情遊，相期邈雲漢」？

夢遊天姥吟留別

〔唐〕李白

【引言】

　　正所謂「日有所思，夜有所夢」，夢境所呈現的情境縱使再雜亂無章、荒誕無理，或多或少還是跟我們的生活見聞、所思所感有關。讀過李白的《蜀道難》，也許大家也同意詩人想像力豐富：詩人從未到過劍閣，卻可把劍閣之險寫得如此逼真駭人，被譽為「詩仙」實是當之無愧。作為詩仙，他的夢跟我們的有何不同呢？《夢遊天姥吟留別》所寫的正是他的一個夢境，用文字記下了這一場奇幻的夢……

　　詩人先寫他聽海客提起瀛洲，又聞越人說起有關天姥山的事，從而引起對天姥山的聯想。篇首主要描寫天姥山的地勢，極言其高聳入雲，為下文作出鋪墊。其後的「我欲因之夢吳越，一夜飛渡鏡湖月。湖月照我影，送我至剡溪」，寫他在一夜之間，在夢中乘風越過千里，到達吳越一帶，飛過鏡湖之後，就來到了剡溪，瀟灑地來到夢的入口。由「腳着謝公屐」開始，作者記述了他尋訪天姥山的過程。詩人又寫出他在夢中所見之奇景、所遇之怪事，莫不絢麗而又迷離，又令人感到恍恍惚惚，忽覺天馬竟可如此行空！

　　清人沈德潛在《唐詩別裁》中有謂：「託言夢遊，窮形盡相，以極洞天之奇幻，至醒後頓失煙霞矣。知世間行樂，亦同一夢，安能

於夢中屈身權貴乎？吾當別去，遍遊名山以終天年也。詩境雖奇，脈理極細。」沈德潛認為李白是託言夢遊以寄其志，你又是怎樣看李白的夢境呢？

夢遊天姥吟留別[1]

〔唐〕李白

　　海客談瀛洲[2]，煙濤微茫信難求[3]；越人語天姥[4]，雲霞明滅或可睹。天姥連天向天橫，勢拔五嶽掩赤城[5]。天台四萬八千丈[6]，對此欲倒東南傾[7]。我欲因之夢吳越[8]，一夜飛渡鏡湖月[9]。湖月照我影，送我至剡溪[10]。謝公宿處今尚在[11]，淥水蕩漾清猿啼[12]。腳着謝公屐[13]，身登青雲梯[14]。半壁見海日[15]，空中聞天雞[16]。千岩萬轉路不定，迷花倚石忽已暝[17]。熊咆龍吟殷岩泉，慄深林兮驚層巔[18]。雲青青兮欲雨，水澹澹兮生煙[19]。列缺霹靂，丘巒崩摧[20]，洞天石扉[21]，訇然中開[22]。青冥浩蕩

不見底㉓，日月照耀金銀台㉔。霓為衣兮
風為馬，雲之君兮紛紛而來下㉕。虎鼓瑟
兮鸞回車㉖，仙之人兮列如麻。忽魂悸以
魄動，怳驚起而長嗟㉗。惟覺時之枕席㉘，
失向來之煙霞㉙。世間行樂亦如此，古來
萬事東流水㉚。別君去兮何時還？且放白
鹿青崖間，須行即騎訪名山㉛。安能摧眉
折腰事權貴㉜，使我不得開心顏㉝？

【注釋】

① 《夢遊天姥吟留別》：一作《別東魯諸公》。夢遊：夢境中漫遊。天姥
（粵 mou⁵〔母〕普 mǔ）：山名，在浙江省天台（粵 toi⁴〔抬〕普 tāi）縣
以北，因「王母」而得名。姥，通「母」，「天姥」也即是「王母」。
吟：古代的一種歌行體。留別：離別時贈給別人。

② 海客：海外來客。瀛洲：傳說中東海上的三座仙山之一，另兩座是
「蓬萊」和「方丈」。

③ 煙濤：波濤渺茫，遠看像煙霧籠罩的樣子。微茫：隱約，朦朧。
信：實在。難求：難以尋訪。

④ 越人：泛指今日浙江省一帶的人。語：談論，說起。

⑤ 勢拔：山勢超出。五嶽：指東嶽泰山、西嶽華山、南嶽衡山、北嶽
恆山和中嶽嵩（粵 sung¹〔鬆〕普 sōng）山這五大名山，合稱為「五嶽」。
掩：掩蓋，蓋過。赤城：山名，在浙江省天台縣北。

⑥ 天台（粵 toi⁴〔抬〕普 tāi）：山名，在浙江省天台縣東北。四萬八千丈：

不是確數，是虛數，形容非常高。

⑦ 此：這裏指天台山。這句意思是指在天姥山面前，巍峨的天台山也要向東南傾倒一樣。

⑧ 因之：因此。因：依據。之，代指前文越人的話。夢：夢游。吳越：指越國。

⑨ 鏡湖：即鑒湖，相傳黃帝鑄鏡於此而得名，在浙江省紹興市西南。

⑩ 剡（粵 sim⁶〔事驗切〕普 shàn）溪：在今浙江省嵊（粵 sing⁶〔盛〕普 shèng）州市南面，由澄潭江和長樂江會流而成。

⑪ 謝公：即南朝劉宋詩人謝靈運。他遊天姥山時，曾在剡溪居住。

⑫ 淥（粵 luk⁶〔六〕普 lù）：清澈。清：淒清。

⑬ 腳着（粵 zoek³〔爵〕普 zhuó）：腳穿。謝公屐（粵 kek⁶〔劇〕普 jī）：謝靈運曾因登山而專門製作一種木底鞋，鞋底有活動的鋸齒，上山時可去掉前齒，下山時可去掉後齒，防滑，適合登山。

⑭ 青雲梯：比喻極為陡峭、直上雲霄的山路。

⑮ 半壁：半山腰。海日：海上日出。

⑯ 天雞：古代傳説中的神雞，當太陽升起時，天雞就會啼叫，天下的雞也會跟着啼叫起來。

⑰ 迷花倚石：迷戀着花，靠着石頭，形容陶醉的樣子。暝（粵 ming⁴〔明〕普 míng）：天黑。

⑱ 殷（粵 jan²〔忍〕普 yǐn）：震動。岩泉：岩石和泉水。栗：通「慄」，戰慄。

⑲ 青青：黑沉沉。澹澹（粵 daam⁶〔淡〕普 dàn）：形容水波蕩漾。煙：霧氣。

⑳ 列缺：指閃電。霹靂：指雷聲。巒（粵 lyun⁴〔聯〕普 luán）：連綿不斷的山羣。崩摧：崩塌。

㉑ 洞天：神仙所住的名山洞府。石扉（粵 fei¹〔非〕普 fēi）：石門。

㉒ 訇（粵 gwang¹〔轟〕普 hōng）：聲音巨大。中開：從中間打開。

㉓ 青冥：青色的天空。浩蕩：廣闊遠大。

㉔ 金銀台：以金銀鑄成的樓台，指神仙所居之處。

㉕ 霓（粵 ngai⁴〔危〕普 ní）：與彩虹同時出現的彩色外圈。雲之君：雲中

的神仙。

㉖ 鼓：彈奏。瑟（粵 sat¹〔室〕普 sè）：一種弦樂器。鸞（粵 lyun⁴〔聯〕普 luán）：傳說中一種類似鳳凰的鳥。回車（粵 geoi¹〔居〕普 chē）：駕車。回，運轉，比喻駕駛。

㉗ 怳（粵 fong²〔訪〕普 huǎng）：同「恍」，恍然，猛然。長嗟：長歎。

㉘ 惟：發語詞，無實義。覺時：醒時。

㉙ 向來：原來，指夢遊時。煙霞：借指夢中的仙境。

㉚ 東流水：像向東流的水一樣，一去不復返。

㉛ 且：暫且。白鹿：傳說神仙所騎乘的白鹿。須：等待。

㉜ 安能：怎能。摧眉折腰：低頭彎腰。事：侍奉。

㉝ 開心顏：開心，愉快。

【解讀】

唐玄宗天寶三載（公元七四四年），一身傲骨的李白由於不肯事權貴，因此被奸臣誣陷，繼而被玄宗「賜金放還」，離開長安。李白先後到過洛陽、梁、宋和山東，並在東魯（今山東省南部）住了一段時間。第二年，他打算出發南遊，臨行前創作了此詩，向朋友們表明自己的心迹。因此，此詩又題《別東魯諸公》。這首詩是一首紀夢詩，也是一首著名的遊仙詩，描繪了詩人遊覽天姥山的瑰麗夢境，並通過對夢境的描繪，表達了自己熱愛自由，嚮往自由，不肯摧眉折腰事權貴的骨氣，不屈於世俗的叛逆精神。

從詩歌開首到「對此欲倒東南傾」，是寫詩人自己入夢的緣由：天姥山遠在天邊，勢拔五嶽，連高大巍峨的天台山在它面前都顯得那麼渺小，如此神祕的天姥山把詩人引入了夢境。接下來，詩人用豐富的文字描繪天姥山瑰麗壯觀的景色：水波清澈，猿啼清厲，到了半山腰就能看見海上日出，到了空中便能聽見神雞啼叫。詩人彷彿被這些景象迷住了，有點魂不守攝，正恍恍然間突然熊咆龍吟，

震動山林，電閃雷鳴，天門洞開，各路神仙紛至沓（粵 daap⁶〔踏〕普 tà）來。然而，此時詩人突然驚醒，原來如此美妙神奇的景象只是一場美夢而已！熱鬧過後，一切化為虛無，唯有身邊的枕席才是最真實的。前後對照，詩人不禁感慨：人生如夢，一切喧囂繁華最終將歸於平靜，像東流之水一去不返。那麼，為何要強迫自己去做不喜歡的事？詩人希望餘生能隨心所欲，來去自由，「且放白鹿青崖間，須行即騎訪名山」。

一如李白的其他詩歌，本詩想像馳騁，誇張大膽，酣（粵 ham⁴〔含〕普 hān；暢快）暢淋漓，在構思和表現手法上都極富浪漫主義色彩。在句式上，本詩以七言為主，又交錯地運用了四言、五言、六言和九言，幾乎是隨心所欲，卻又和諧共生，渾然一體。

【文化知識】

遊仙詩

遊仙詩是以遨遊仙境為主題的詩歌，早在戰國時代就已經出現。遊仙詩的發展可以分為三個時期：從戰國至東漢，以屈原為中心，主要體裁是賦；從魏晉至盛唐，以曹植、阮籍、郭璞為中心，主要體裁是五言古詩，當中魏晉是遊仙詩的鼎盛期；從中唐到明清，以晚唐的曹唐為中心，主要體裁是七絕，當中曹唐更創出遊仙詩的新格局。

在主題上，遊仙詩可以分為五種：慕仙（追求成仙）、寄託（假託神仙之說抒發對現實的不滿）、擬古（模仿前人的遊仙詩）、祝頌（祝頌帝王長生不老）和狎邪（把妓女比為仙女，自命風流的詩人則以仙郎、仙夫自居）。

雖說遊仙詩種類繁多，但卻以假託神仙、抒發不滿的為主。詩人在現實與理想的衝突中掙扎，卻不能找到出路或歸宿。他們往往憤世嫉俗，想逃到虛幻世界，但理智上，卻不完全相信仙界，在夢

幻醒覺以後，留下的只有更空虛、更苦悶的心情，因而不能創造莊嚴燦爛的意象，描繪仙境和仙人亦過於薄弱、空泛，沒有首尾貫串的故事，相對於西方的史詩，中國的遊仙詩缺少了想像力和宏偉的架構。

【練習】
（參考答案見第 201 頁）

❶ 詩人在夢中登山以後看到了甚麼奇景？

❷ 本詩哪幾句由夢境轉而為現實？

❸ 作者在篇末表達了甚麼想法？

將進酒

〔唐〕李白

【引言】

　　杜甫《飲中八仙歌》有謂：「李白斗酒詩百篇，長安市上酒家眠。天子呼來不上船，自稱臣是酒中仙。」只是短短四句，就生動地刻劃了李白酷愛飲酒的形象。李白自稱「酒中仙」的時候，是不是真的喝醉了呢？

　　《將進酒》是李白七言樂府的名篇，全詩以飲酒為題材，寫出他勸好友岑夫子、丹丘生一起喝酒、及時行樂、開懷歡宴的情態，認為飲酒是紓解人生憂愁的妙藥。他甚至勸好友將家中的五花馬、千金裘拿去換美酒，可見他為了飲酒是不惜一切的。本篇以兩個「君不見」領起，篇首寫從天而降的黃河之水滾滾東流，極具氣勢；又寫父母在明鏡前看到自己的頭髮，早上烏黑濃密，黃昏時卻已是一頭白髮，讓人不得不訝異時光流逝之快！篇首一連用了兩次誇張手法，給予讀者極深刻的印象。作者在這樣的背景下帶出人生應及時行樂之說法，從而變得非常合理，可謂手法高妙。詩人以黃河之水領起全詩，豪情竟如飛瀑一瀉而下，令人不得不一讀到底！

　　不少論者認為本詩表現積極樂觀的情懷，但亦有論者持相反意見，元代詩評家蕭士贇（粵 wan¹〔溫〕普 yūn）有謂：「此篇雖似任達放浪，然太白素抱用世之才而不遇合，亦自慰解之詞耳。」詩人指

將進酒①

〔唐〕李白

　　君不見黃河之水天上來，奔流到海不復回②！君不見高堂明鏡悲白髮，朝如青絲暮成雪③！人生得意須盡歡，莫使金樽空對月④。天生我材必有用，千金散盡還復來。烹羊宰牛且為樂，會須一飲三百杯⑤。岑夫子，丹丘生⑥，將進酒，杯莫停。與君歌一曲，請君為我側耳聽。鐘鼓饌玉不足貴⑦，但願長醉不用醒。古來聖賢皆寂寞⑧，惟有飲者留其名。陳王昔時宴平樂⑨，斗酒十千恣歡謔⑩。主人何為言少錢，徑須沽取對君酌⑪。五花馬⑫，千金裘⑬，呼兒將出換美酒⑭，與爾同銷萬古愁⑮。

【注釋】

① 《將進酒》：樂府舊題，內容多寫飲酒唱歌之事。將（粵 coeng¹〔昌〕普 qiāng）：請求。進：加、添。

② 復（粵 fau⁶〔阜〕普 fù）回：回到原來位置。復：再次。後文「復來」的「復」，音義同此。

③ 高堂：父母。青絲：黑髮。青：黑色。絲：比喻幼細的頭髮。成雪：比喻頭髮變得像雪一樣白。

④ 金樽：精美的酒器，泛指酒杯。

⑤ 會須：應該。三百杯：虛指，形容盡情喝酒。

⑥ 岑夫子、丹丘生：岑勛和元丹丘，都是李白的朋友。

⑦ 鐘鼓饌（粵 zaan⁶〔賺〕普 zhuàn）玉：形容富貴生活。鐘鼓：富貴人家就餐時奏樂所用的樂器。饌玉：形容像玉一樣精美的食物。饌，食物。貴：這裏作動詞用，指重視。

⑧ 聖賢：聖人賢者，這裏暗指作者自己。寂寞：這裏借指不受朝廷重用。

⑨ 陳王：指陳思王曹植。宴：這裏作動詞用，指款待賓客。平樂：道觀名。在洛陽附近，為漢代富豪顯貴的娛樂場所。

⑩ 斗酒十千：一斗酒值十千錢，指酒價高昂。斗（粵 dau²〔蚪〕普 dǒu）：古代有柄酒器，又為古代容量單位，十升為一斗。恣（粵 zi³〔志〕普 zì）：放縱，盡情。歡謔（粵 joek⁶〔若〕普 xuè）：戲謔，開玩笑。整句意思是，即使酒價高昂，也要開懷暢飲，盡情享樂。

⑪ 徑須沽取：只管買酒。徑：只，直接。沽：買。

⑫ 五花馬：名貴的馬。

⑬ 千金裘：價值千金的皮衣。

⑭ 將（粵 zoeng¹〔章〕普 jiāng）出：拿去。將：拿。

⑮ 爾：你。萬古愁：無窮無盡的哀愁。

【解讀】

　　此詩大約作於天寶十一載（公元七五二年）。當時，詩人應邀到嵩山（今河南省登封市西北）好友元丹丘家裏做客。主客暢飲，十分痛快，詩人於是寫下了這千古傳頌的詠酒詩。詩人飲酒高歌，暢談人生，狂放不羈，傲視一切：你看！人生如黃河之水奔流到海不復回，所以不要到了年老時對着明鏡、看見滿頭白髮，才後悔當初沒有盡情享樂。詩人接着陳述了人生可以盡情揮灑的理由：天生我材必有用，千金散盡還復來。功名利祿，比起暢快地飲酒，痛快地活着，又算得上是甚麼呢？即使是五花馬和千金裘，都可以毫不吝嗇地用來換取美酒！詩人時時將飲酒與人生相聯繫，勸説同伴放下現實中的一切煩惱，因為富貴終將成為過眼雲煙，人生如斯短暫，因此必須及時享樂。可以説，這是詩人在經歷一連串政治打擊之後，發自內心的告白。不為朝廷重用的現實，讓詩人從起初的憤懣變得灑脱，反而對生活和前程充滿了樂觀精神。

　　本詩以七言為主，同時雜以三言、五言和十言，句式收放自如。詩歌同時運用了反問、誇張、排比、對比等多種修辭手法，為世人描繪出酣暢淋漓的飲酒場面。全詩氣勢恢弘，豪邁狂放，充分展示了詩人狂放不羈的性格和無拘無束的浪漫情懷。

【文化知識】

中國酒的起源

　　傳統中國文化多認為酒的發明者是杜康。西晉詩人江統在《酒誥（粵 go³〔計教切〕普 gào）》寫道：「酒之所興，肇自上皇，或云儀狄，一曰杜康。有飯不盡，委於空桑，鬱積成味，久蓄氣芳。本出於此，不由奇方。」杜康，又稱為「少康」，是夏朝第五任君主。有一次，杜康把吃剩的黑秫（粵 seot⁶〔術〕普 shú；高粱的一種）放在空

心的桑樹樹幹裏，日子久了，剩飯發酵，散發出一種芬芳的氣味，並流出液體，杜康取而飲之，感覺其味甘美。杜康受此啟發，因而發明了酒。

至於詩中另一位酒的發明者「儀狄」，相傳是夏禹時代的人，比杜康早一些。不少古籍都說儀狄是男性，但近年的研究卻考證是女性。據《戰國策‧魏策》所記載：「儀狄作酒⋯⋯禹飲而甘之，遂疏儀狄，而絕旨酒。曰：『後世必有以酒亡其國者。』」

不過，中國酒的真正起源，卻比上述說法更早。考古學家從河南省舞陽縣的新石器時代賈湖文化遺址所出土的陶器碎片中，分析了碎片所吸收和封存的液體殘跡，表明遠在九千年前，先民就已經懂得以混合了稻米、蜂蜜和水果的發酵液，來釀製美酒了。

【練習】
（參考答案見第 201 頁）

❶ 詩人藉本詩表達了甚麼情懷？試加以分析。

❷ 詩人在詩中善用誇張技巧，試舉出其中兩個例子。

❸ 詩題「將進酒」意指「請君飲酒」，那麼詩人如何向朋友勸酒？

兵車行

〔唐〕杜甫

【引言】

　　不少人對寫作卻步，皆因苦無題材。其實何不從日常生活中入手？這不但有着源源不絕的題材，更能反映一時一地的社會狀況。唐代詩人杜甫的作品就以敍述社會時事著稱，其作品的題材相當廣泛，具有鮮明的時代色彩，展現人民的生活面貌，更對統治者的暴政予以諷刺，表達出儒家悲天憫人的情懷，故杜甫有着「詩聖」之美譽。他的作品亦素有「詩史」之稱，反映了盛唐至中唐由盛入衰的歷史面貌。

　　原來「詩聖」一詞，始於明末學者王嗣奭（粵 zi⁶sik¹〔字式〕普 sì shì）。他在著作《杜臆》中對《兵車行》有這樣的介紹：「舊注謂明皇用兵吐蕃，民苦行役而作，是也。此當作於天寶中年。」王氏點明了本詩題旨及創作時期。杜甫當時居於長安，生活困頓，見證人民飽受朝廷窮兵黷（粵 duk⁶〔讀〕普 dú；濫用）武之苦，對玄宗因開邊而令百姓家破人亡加以抨擊，以表其沉重、悲憤的心情。

　　本詩所描寫的人物形象非常豐富，令讀者如見其人、如聞其聲，相當有感染力。詩人在開首寫親人送別征夫的場面，極言出師兵馬之盛，氣勢磅礴。可惜親人在送別時哭聲淒厲，暗示這一別可能是永訣，為下文埋下伏筆。作者繼而借行人之口點出征戰之苦，

無論是「防河」、「營田」、「戍邊」，均回應了「點行頻」之語。其後詩人更進一步指出「武皇開邊意未已」，諷刺玄宗為開邊不顧百姓生死，殘暴不仁，導致各處兵亂地荒，民不聊生。及後，作者以「役夫敢申恨？」點出百姓對朝廷敢怒不敢言的無奈，對「生男埋沒隨百草」深感沉痛，下開「鬼哭」之辭作結，悲憤至極！

兵車行①

〔唐〕杜甫

　　車轔轔，馬蕭蕭②，行人弓箭各在腰③。耶娘妻子走相送④，塵埃不見咸陽橋⑤。牽衣頓足攔道哭，哭聲直上干雲霄⑥。道旁過者問行人⑦，行人但云點行頻⑧。或從十五北防河⑨，便至四十西營田⑩。去時里正與裹頭⑪，歸來頭白還戍邊。邊庭流血成海水，武皇開邊意未已⑫。君不聞漢家山東二百州⑬，千村萬落生荊杞⑭。縱有健婦把鋤犁，禾生隴畝無東西⑮。況復秦兵耐苦戰⑯，被驅不異犬與雞。長者雖有問⑰，役夫敢申恨⑱？且如

今年冬，未休關西卒⑲。縣官急索租，租稅從何出？信知生男惡⑳，反是生女好。生女猶得嫁比鄰，生男埋沒隨百草。君不見青海頭㉑，古來白骨無人收。新鬼煩冤舊鬼哭，天陰雨濕聲啾啾㉒！

【作者簡介】

杜甫（公元七一二至七七零年），字子美，祖籍襄陽（今湖北省襄陽市），河南鞏縣（今河南省鞏義市）人。自號「少陵野老」，與李白合稱「李杜」。因做過左拾遺和檢校工部員外郎的小官，故後世稱之為「杜拾遺」和「杜工部」，又因在成都浣花溪畔建過草堂，故又被稱為「杜甫草堂」。杜甫一生坎坷窮困，但依然憂國憂民，時刻關心國家命運和百姓疾苦，故被王嗣奭稱為「詩聖」。他經歷過安史之亂，詩作真實地反映了唐朝由盛而衰這段歷史轉折時期的社會實況，故被稱為「詩史」。杜甫一生作品多達一千五百多首，當中很多都是傳頌千古的名篇，如「三吏」（《石壕吏》、《新安吏》和《潼關吏》）和「三別」（《新婚別》、《無家別》和《垂老別》）組詩，大多見於《杜工部集》內。

【注釋】

① 車：這裏粵音讀「居」，下同。行：古代樂府詩體裁之一。

② 轔（粵leon⁴〔鄰〕普 lín）轔：車子行走的聲音。蕭蕭：馬嘶鳴的聲音。

③ 行人：指即將奔赴戰場的人。

④ 耶：一作「爺」，指父親。娘：母親。妻子：妻子和孩子。走：奔跑。

⑤ 咸陽橋：在長安西南，始建於漢武帝時期，是離開長安西行的必經之路。

⑥ 干雲霄：直沖雲霄。干：直逼，沖。

⑦ 道旁過者：過路人。這裏指杜甫自己。

⑧ 但云：只説。點行頻：多次按戶籍名冊強行點兵入伍。頻：頻繁。

⑨ 或：有些人。十五：指十五歲。北防河：在黃河以北設防。

⑩ 營田：屯田，種田。古代守邊士兵除作戰外，還要種田以儲備軍糧。

⑪ 里正：即里長。唐代每百戶為一里，設有里長，管戶口、賦役等事。與裹頭：因士兵年紀太小，不懂用頭巾裹頭，因此里正替他們裹頭。

⑫ 邊庭：邊疆。武皇：漢武帝，暗喻唐玄宗。開邊：用武力開拓邊疆。意未已：野心沒有停止。

⑬ 漢家：漢朝，暗指唐朝。山東二百州：泛指唐代秦地崤山以東的二百一十七個州。

⑭ 荊杞：荊棘和枸杞均為野生植物，這句指農田荒蕪。

⑮ 犁（粵 lai⁴〔黎〕醫 lí）：翻鬆泥土。隴畝（粵 lung⁵ mau⁵〔壟某〕醫 lǒng mǔ）：田地。無東西：不整齊，意指莊稼長得不好。

⑯ 況復：更何況。秦兵：秦地（即長安一帶）被征的士兵。

⑰ 長者：指前文的「道旁過者」杜甫。

⑱ 敢：怎敢，不敢。申恨：申訴心裏的憤恨。

⑲ 且如：就像。關西卒：即秦兵。關西：函谷關以西。

⑳ 信知：確切地知道。惡（粵 ok³〔阿各切〕醫 è）：不好。

㉑ 青海頭：青海湖邊。唐兵多與吐蕃在青海湖附近交戰。

㉒ 煩冤：不滿。啾（粵 zau¹〔周〕醫 jiū）啾：形容鬼哭的聲音淒切。

【解讀】

　　唐玄宗天寶年間，朝廷對邊疆少數民族多次發動進攻，連年大舉徵兵，老百姓不堪其苦。杜甫這首《兵車行》便是借征夫對自己提問的回答，刻劃出戰爭給老百姓帶來的極大痛苦，希望能引起統治者的反思。

　　開篇幾句描繪了行軍車馬開赴戰場浩浩蕩蕩的場面，然而此刻沒有保家衞國的豪情壯志，卻有父母妻兒捶胸頓足、直沖雲霄的哭喊聲。戰爭在即，親人別離，此去生死未定，如何不叫人肝腸寸斷？何況這場戰爭永無休止，「去時裏正與裹頭，歸來頭白還戍邊」，去的時候年紀尚小，連頭巾都還不會自己裹，到回來時已白髮蒼蒼，卻還要戍守邊疆，可見戰爭持續時間之久。詩人接下來描述戰爭給農業生產帶來的危害。由於家中的壯丁都全被徵兵去了，田裏的農活只好由婦女包辦，莊稼本已長得零零落落，縣官卻還要催交田租，這讓本來窮困的家庭雪上加霜。老百姓以巨大的個人犧牲換取邊疆的安定和國家的榮耀。連年的窮兵黷武讓老百姓發出痛心疾首的呼告：「信知生男惡，反是生女好！」中國自古以來有重男輕女的傳統，但是生男卻被迫遠征沙場，「埋沒隨百草」，性命尚且不保，更不用説繼承家業，傳宗接代，享受天倫之樂；到底還不如生女兒，至少「猶得嫁比鄰」。詩人以「君不見青海頭，古來白骨無人收。新鬼煩冤舊鬼哭，天陰雨濕聲啾啾」作結，強調沒有甚麼比漠視和荼毒生靈更令人痛心疾首的了。

　　在藝術上，本詩以敍事為主，又融入抒情和議論，情感沉鬱頓挫，深沉飽滿，是傳頌千古的敍事詩。

【文化知識】

王嗣奭與《杜臆》

　　杜甫被譽為「詩聖」。「詩聖」一詞，源於明末學者王嗣奭的手筆。王嗣奭（公元一五六六至一六四八年），字右仲，號于越，鄞（粵 ngan⁴〔銀〕普 yín）縣（今浙江省寧波市）人。起初專注研究《易經》，在四十三歲丁憂居喪期間，才開始研讀杜詩。王嗣奭認為宋、明兩代學者，在杜詩的注釋上，或錯漏百出，或穿鑿附會，或因循苟且，以致杜甫「未見有真知己」，因此以三十七年的精力，在八十歲時才完成這部著作，以探索和發掘杜詩中的思想、抱負、情懷等「真性情」，因此將著作稱為「杜臆」（臆者，心胸也）。

　　《杜臆》在杜詩學史上具有十分重要的地位，在杜詩的注釋上，為後世提供了寶貴的資料和可供借鑒之方法。不過，它也有其缺點，例如部分內容犯上主觀臆測之病；只在詩題下評論而不引原詩；所引杜詩詩題、內文和排列次序，部分亦與今本迥異。

【練習】

（參考答案見第 202 頁）

❶ 本詩從內容上可分為哪幾個部分？

❷ 詩人如何在詩作的開首和結尾渲染氣氛？

❸ 詩人如何寫出朝廷窮兵黷武對百姓之害？

❹ 有謂第三部分跟前文內容互相呼應，試加以說明。

蜀相

〔唐〕杜甫

【引言】

　　不少小說、漫畫、電影、電視劇等文藝、影視作品，均以三國為題，當中不乏展示諸葛亮風流儒雅、瀟灑自若、智勇雙全的一面，那麼他在杜詩中的形象又是怎樣的呢？是忠臣賢士？還是智將豪傑？

　　《蜀相》一詩先寫景而後弔古。如今的武侯祠建於成都市內，但據《方輿勝覽》記載，「廟在府西北二里」，可見武侯祠起初位處城郊，詩人因而到「錦官城外」尋訪。首聯提及祠外柏樹森森，據史書所載，祠前大柏乃孔明親手所栽，唐時樹圍已有數丈，不知此樹如今安在？作者接着描寫四周環境：草色碧綠、黃鸝好音，可是廟在城郊，人跡罕至，再美的春色也只能孤芳自賞，更添寥落。

　　作者在頸聯點出劉備三顧草蘆之典，孔明為劉備出謀獻策，故有天下之計。如《隆中對》有謂：「東連孫權，北抗曹操，西取劉璋」，反映出孔明才智過人、雄才偉略。孔明亦輔助先主、後主二朝，無論是開創基業，還是匡濟艱危，孔明始終盡忠職守，心向朝廷。此二句極言孔明為國盡忠、才華出眾。只可惜孔明於出師伐魏途中，疾卒於軍。英雄早逝，不禁令人沉痛哀悼，喟然長歎。據說

南宋抗金名將宗澤在臨死時，也念出本詩「出師未捷身先死，長使英雄淚滿襟」二句，最後憤然而逝，足見本詩道盡了千百年來多少英雄壯志未酬的悲憤心情。

蜀相①

〔唐〕杜甫

丞相祠堂何處尋②？錦官城外柏森森③。

映階碧草自春色④，隔葉黃鸝空好音⑤。

三顧頻煩天下計⑥，兩朝開濟老臣心⑦。

出師未捷身先死⑧，長使英雄淚滿襟⑨。

【注釋】

① 蜀相：指三國時蜀國丞相諸葛亮。公元二二一年，劉備稱帝建蜀，任命諸葛亮為丞相。據《全唐詩》載，原文詩題下有注釋：「諸葛亮祠在昭烈廟西。」昭烈廟，為紀念劉備而建，亦稱為「劉備殿」。

② 丞相祠（粵ci⁴〔詞〕普cí）堂：指諸葛亮廟，又稱武侯祠，初建於西晉，今在成都市南郊公園內。諸葛亮於建興元年（公元二二三年）被後主劉禪封為武鄉侯，因此他的廟又稱為「武侯祠」。

③ 錦官城：成都因出產蜀錦而聞名，蜀漢曾設錦官和興建錦官城，以保護蜀錦生產。「錦官城」便成為成都的別稱。森森：樹木高大茂盛

的樣子。

④ 映：遮掩。自春色：自為春色，卻無人欣賞。

⑤ 黃鸝（粵 lei⁴〔離〕普 lí）：黃鶯的別稱。空好音：空作好音，即苦無知音者。

⑥ 三顧：指劉備三顧草廬，請諸葛亮輔佐天下。頻煩：多次煩勞，重複諮詢。天下計：天下大計。

⑦ 兩朝：指諸葛亮輔佐過的劉備和劉禪兩朝。開濟：開創和扶濟：指輔助劉備開國和輔助劉禪治國。老臣心：指「鞠躬盡瘁，死而後已」的忠誠之心。

⑧ 出師未捷：建興十二年（公元二三四年），諸葛亮出師伐魏，與司馬懿軍隊對峙百餘日，同年八月，諸葛亮病死於軍中，終年五十四歲。

⑨ 襟（粵 kam¹〔傾心切〕普 jīn）：衣服胸前的部分。

【解讀】

唐肅宗上元元年（公元七六零年），詩人從奉節（今重慶市東北）回到成都後，初遊武侯祠，寫下了這首七律。詩人歌頌了諸葛亮鞠躬盡瘁、為國操勞的高尚品格，抒發了對孔明的景仰之情，又深寄緬懷之意。因此這首詩既是頌歌，也是輓歌。

詩歌首聯以設問的形式，點出了武侯祠的具體地點：成都郊區青柏茂盛之處。頷聯則細緻描寫武侯祠的景色：草色碧綠，黃鸝婉轉。但是，它們自為春色，空作好音，似與他人無關。其實這是杜甫對自己的寫照：與孔明一樣，詩人也有一顆忠誠之心，孔明被後主猜疑，自己也被皇帝貶官，漂泊流離，因此以「自」、「空」來突顯自己不被重用之感慨。頸聯總結了諸葛亮一生的主要事跡和功勳。「天下計」顯示諸葛亮胸懷天下，為國施展雄才大略的氣度；「老臣心」表達他憂國憂民，「鞠躬盡瘁，死而後已」的忠誠之心。尾聯兩句，作者回憶起那段令世人唏噓的史實 —— 孔明復興漢室未遂便

死於軍中，讓後人不禁感慨萬分：壯志未酬，心力已盡，這是令世世代代多少英雄扼腕歎惜的事啊！

本詩在藝術表現上，將寫景（第一至四句）、敘事（第五、六句）和議論（第七、八句）融為一體，感情深摯，充分體現了杜甫詩歌「沉鬱頓挫」的風格，以及對諸葛亮的敬重和仰慕。

【文化知識】

杜甫與諸葛亮

從公元七五九到七六五年，杜甫過了六年在西南漂泊的生活。在此期間，杜甫寫了不少憑弔、讚頌、緬懷諸葛亮的詩歌，包括《蜀相》、《武侯廟》、《八陣圖》、《諸葛廟》、《古柏行》、《詠懷古跡》（其五）等。對諸葛亮這麼推崇的詩人，在中國文學史上可謂絕無僅有。

其實，杜甫如此敬仰諸葛亮，是有跡可尋的。首先，和諸葛亮一樣，杜甫也是因亂世而從中原入蜀的；其次，杜甫認為自己與諸葛亮一樣，都帶有一顆忠於國家的心，可是屢見猜疑：後主劉禪因受小人矇騙而疏遠諸葛亮，杜甫因李林甫一句「野無遺賢」而無法得到唐玄宗提拔，甚至在安史之亂期間因誤會而屢次被貶，故有「古來材大難為用」（《古柏行》）之歎。

可是最重要的，還是因為諸葛亮「出師未捷身先死」而令蜀國錯失北伐中原、恢復漢室的機會，人民繼續生活於水深火熱的分裂局面中──其實這就是杜甫所身處的亂世：安史之亂過後，國力本已損失不少，加上各地節度使割據自立，戰亂連年，百姓的生活雪上加霜。因此，杜甫希望「伯仲之間見伊呂，指揮若定失蕭曹」（《詠懷古跡》〔其五〕）的孔明可以「再世」，討伐亂賊，讓百姓再次過上安樂的好日子。

【練習】

(參考答案見第 204 頁)

❶ 本詩的章法結構是如何佈置的？

❷ 試分析頷聯中「自」、「空」的用字之妙。

❸ 詩人在頸聯如何突出對諸葛亮的推崇？

❹ 詩歌如何帶出悲涼慷慨之氛圍？

客至

〔唐〕杜甫

【引言】

　　《論語》有謂：「有朋自遠方來，不亦樂乎？」好友來訪，開懷共聚，自是一件樂事。杜甫因安史之亂經歷了幾年漂泊陝西、洛陽等地的生活，直到公元七五九年才抵達成都，暫得安頓。當時杜甫的草堂落成不久，來客稀少。他曾就《客至》這首詩自注曰：「喜崔明府相過。」可見詩人喜聞客至。本詩寫出詩人接待來客的情景，並藉寫景和敍事表達對友人真摯的情誼。

　　本詩首聯先描寫草堂的四周環境，除了點出詩人少有來客、只有羣鷗相伴外，亦用了《列子‧黃帝》「鷗鷺忘機」的典故，意指隱居者恬淡自適，對身外物渺無機心，故鷗鳥也能和自己親近。這是否流露出作者對漂泊已久，厭倦官場的一點想法呢？頷聯道出詩人為了客至而作的準備，可見對友人來訪的期待，表現其迎客的欣悅之情。及後頸聯表示因家貧市遠，酒微菜薄，但朋友似乎並不介意，足證二人友誼深厚。尾聯寫作者和友人尚未盡興，故邀鄰翁共飲，繼續暢談，興盡始歸，一片歡愉。清初學者仇兆鰲（粵ngou⁴〔敖〕普áo）在《杜詩詳註》中引論者謂：「前借鷗鳥引端，後將鄰翁陪結，一時賓主忘機。」可見詩作首尾互相呼應，全詩流露一片村家真率

之情，自然醇厚。詩人邀鄰翁共飲，可算是此次聚會的高潮，令全詩洋溢和諧歡樂的氣氛。作者以此作結，客席未散，故事未完，作者和賓客似乎還會繼續暢飲下去呢！

客至①

〔唐〕杜甫

舍南舍北皆春水②，但見羣鷗日日來。

花徑不曾緣客掃③，蓬門今始為君開④。

盤飧市遠無兼味⑤，樽酒家貧只舊醅⑥。

肯與鄰翁相對飲⑦，隔籬呼取盡餘杯⑧。

【注釋】

① 《客至》：這裏的「客」是指崔縣令。詩人在詩題下亦曾自註曰：「喜崔明府相過。」明府：唐朝人對縣令的尊稱。相過：探望。

② 舍：指詩人所居住的草堂。

③ 花徑：種有花草的小路。緣：因為。客，客人。

④ 蓬（粵 pung⁴〔蓬〕普 péng）門：柴門，暗示房子簡陋。君：您，指崔縣令。

⑤ 盤飧（粵 syun¹〔宣〕普 sūn）：指菜餚。無兼味：只有一道菜，意指飯菜不豐富。

⑥　樽（粵 zeon¹〔津〕普 zūn）：古代的盛酒器具。舊醅（粵 pui¹〔胚〕普
　　pēi）：隔年的陳酒。醅：未過濾的酒，泛指酒。古人待客以新釀的酒
　　為尊，故詩人因以陳酒待客而感到歉意。

⑦　肯：能否，這是詩人向客人徵求意見的用詞。鄰翁：鄰居老翁。

⑧　籬：籬笆。呼取：喚來。盡餘杯：喝完餘下的酒。

【解讀】

　　這首詩作於公元七六一年，即詩人入蜀之初，在歷盡顛沛流離
之後，詩人終於結束了長期漂泊的生活，在成都西郊浣（粵 wun⁵〔永
滿切〕普 huàn）花溪邊蓋了一座草堂，暫時安頓下來。由於草堂落成
不久，客人不多，因此崔縣令的造訪讓詩人特別高興。這首詩描繪
了詩人喜迎客人的情景，充滿了生活情趣，表現出詩人熱情好客、
質樸純真的性格。

　　第一、二句介紹了詩人住所的美麗春景：綠水環繞，鷗鳥隨處
可見。從頷聯的描述中我們可以看到，草堂其實是很簡陋的，但詩
人歷盡坎坷已久，如今終有安頓之處，喜愛之情不勝言表。客人要
來了，「花徑不曾緣客掃，蓬門今始為君開」的意思是：通往寒舍的
小路不曾為普通客人清理，今天才為您的來訪而掃灑；柴門也不曾
為一般客人而開，今天便為您這位貴賓而開啟。可見崔縣令在詩人
心中並非普通客人。這兩句運用了互文手法，表達出詩人為迎接崔
縣令而「掃徑」、「開門」的欣喜之情。詩人在頸聯謙虛地講述因市
場遙遠而不能加菜、因家境貧窮而沒有新酒的事實，卻毫不影響待
客的真誠和二人間的友情。最後兩句，詩人還想邀請鄰居老翁一起
飲光餘下的酒，因此徵詢崔縣令同意，可見詩人興致非常高，也非
常率真豪爽，與身邊每一個人都能成為朋友。

　　全詩質樸自然，洋溢着鄉野生活氣息，流露出詩人淡然閒適的
情懷。

成都草堂

公元七五九年冬，杜甫攜帶家眷離開甘肅入蜀，投靠成都尹嚴武。次年春，杜甫在成都西門郊外的浣花溪畔，修建茅屋。公元七六一年春，茅屋落成，稱「成都草堂」。杜甫在這裏斷斷續續居住了將近四年，是杜甫一生中相對安穩的一段時期。公元七六五年，嚴武病逝，失去唯一依靠的杜甫，只得攜家帶口告別成都。

此後草堂一度荒廢，幸得五代前蜀詩人韋莊尋得其遺址，重建茅屋，使草堂得以保存。草堂經歷經宋、元、明、清多次修復，其中最大的兩次，是在明末和清中葉，基本上奠定了草堂的規模和佈局，更成為了現存規模最大、保存最完好、最具特色和知名度的杜甫行蹤遺跡。

【練習】
（參考答案見第 204 頁）

❶ 詩人如何鋪展全詩內容？

❷ 頷聯「花徑不曾緣客掃，蓬門今始為君開」兩句運用了甚麼寫作手法？

❸ 「肯與鄰翁相對飲」的「肯」帶有「肯否」、「能否」之意，為何詩人會這樣詢問崔縣令？

❹ 詩人在尾聯寫邀請鄰翁「盡餘杯」，這樣作結有何好處？

登樓

〔唐〕杜甫

【引言】

這本書收錄了好幾首杜甫登高臨遠的作品。從這些詩歌中，我們可見詩人往往將眼前所見之景，融合當世之時態和政局、個人的情懷及抱負，深化了詩歌的意涵，而不止於描繪景物。杜甫經歷過動盪不安的時代，自中年以後大都過着漂泊流離的生活，居無定所，窮愁潦倒，雖具才華和志向，卻有志難伸。面對此情此景，一般人自怨自艾、自哀自憐也是很正常的，但詩人卻沒有將注意力全放在個人際遇之上，反而藉詩歌流露出對國家時局的關心，可見其襟懷之廣闊，還有對家國之情懷。

另一方面，所謂「國家不幸詩人幸，話到滄桑句便工」（清‧趙翼《題元遺山集》），詩人此時寫詩已達爐火純青之境，可以自由驅遣文字，不着痕跡地表現出弘闊的想像力，如本詩頷聯「錦江春色來天地，玉壘浮雲變古今」，由錦江燦爛的春色想像至春臨大地，由玉壘山上變幻莫測的浮雲，聯想到古往今來之世事，往往變化不定。詩人在一聯之內寫「江」、「山」，所包攬之景本已非常豐富，更兼將想像力延及橫面的「天地」、縱面的「古今」，筆鋒剛勁有力。且看論家王嗣奭的評語：「錦江二句，俯視弘闊，氣籠宇宙，人競賞之……北極朝廷，如錦江春色，萬古常新，而西山寇盜，如玉壘浮

雲，倏（粵suk¹〔叔〕普shū；突然）起倏滅。」原來頷聯和頸聯又起了環環相扣的作用，結構嚴謹，意念獨特。詩人在篇末以「日暮聊為《梁甫吟》」作結，既含蓄點出自己願意輔助朝庭的個人願望，又暗合《蜀相》對諸葛亮的推崇，意味深長。

登樓

〔唐〕杜甫

花近高樓傷客心①，

萬方多難此登臨②。

錦江春色來天地③，

玉壘浮雲變古今④。

北極朝廷終不改⑤，

西山寇盜莫相侵⑥。

可憐後主還祠廟⑦，

日暮聊為《梁甫吟》⑧。

【注釋】

① 客心：客居者之心。客：指四海為家的杜甫自己。

② 臨：從高處往下看。

③ 錦江：即濯錦江，在今四川省成都市南，是岷（粵 man⁴〔文〕普 mín）江的支流。來天地：與天地俱來，借指唐室千秋萬載，無可取代。

④ 玉壘（粵 leoi⁵〔呂〕普 lěi）浮雲變古今：從古至今，玉壘山上的浮雲一直變幻不定，借指時局多變、捉摸不定。玉壘：山名，在今四川省灌縣西部。

⑤ 北極朝廷終不改：雖然吐蕃佔領了長安，但唐朝政府的地位仍然像北極星那樣穩固。唐代宗廣德元年（公元七六三年）十月，吐蕃攻陷長安，唐代宗出逃，吐蕃立廣武王李承弘為帝。十月下旬，大將郭子儀驅逐吐蕃，收復長安。北極：北極星，位於正北的方位，固定不動，被眾星圍繞，在古代被視作帝王的象徵。

⑥ 西山寇盜莫相侵：吐蕃不要再來入侵。同年十二月，吐蕃人又向四川進攻，作者當時身在成都。西山：指四川西部、和吐蕃交界地區一帶的雪山。

⑦ 可憐後主還祠廟：像劉禪這樣的人竟然還有祠廟。後主：指三國時期蜀國君主劉備的兒子劉禪，昏庸無能，導致蜀國為魏國所滅。還：仍然。

⑧ 聊為：心有不甘卻姑且這樣吟誦。《梁甫吟》：古樂府中的一首葬歌，情調淒苦悲切。相傳當年諸葛亮隱居山中時，經常吟誦這首詩，詩人藉以表達自己的濟世之心，詳見後文「文化知識」。

【解讀】

《登樓》寫於吐蕃再次入侵的危難時刻，是一首感時撫事的詩。公元七六三年二月，為社會經濟帶來巨大破壞、使唐朝由盛轉衰的安史之亂剛剛平定，不足一年吐蕃又趁機作亂，更攻陷長安，改立皇帝。長安收復後不久，吐蕃又來攻打四川。當時唐朝政府又處於宦官專權、藩鎮割據的危機之中，內憂外患，災難重重。所以詩人在登樓時看到無邊春色，不僅沒有感到欣喜，反而聯想到國家「萬方多難」的處境，不由得傷心感歎，即景抒情，因而寫下了這首詩。

首聯交代「萬方多難」的寫作背景，點明詩人傷心的緣由。詩人登樓望遠，看到春天的繁花，反而傷心落淚，因為國家正處於「萬方多難」的時刻：安史之亂、吐蕃入侵、宦官專權、藩鎮割據……這重重災難使國家不堪重負。在行文上，因果倒裝，先寫見花傷心的反常現象，再說明原因。以樂景寫哀情，更凸顯詩人的傷感。

頷聯描寫詩人登樓所見的山水景色，聯想到國家動盪不安的局勢。錦江流水攜着蓬勃春色奔湧而來，恰似唐室恩澤萬民；從古至今，玉壘山上的浮雲一直變幻不定，正如今天動盪不安的時局。從眼前景寫到古今事，境界宏大。

頸聯則議論時局，表達自己對國家堅定的信念。詩人用北極星象徵朝廷，認為即使吐蕃攻陷京城，也最終被驅逐出境，意指大唐氣運久遠，與天地同在。「莫相侵」是對吐蕃的警告，正氣凜然。

尾聯則懷古傷今，抒發詩人的胸懷抱負。劉禪昏庸無能，寵信宦官，終於亡國，卻與劉備、諸葛亮一樣，擁有自己的祠廟；當時的皇帝唐代宗同樣重用宦官，使國事維艱、危機四伏。詩人以劉禪比喻唐代宗，表達對當權者的不滿。他多希望自己能像諸葛亮一樣，輔佐朝廷，建功立業，可惜報國無門，因此只能吟誦着諸葛亮生前最愛的《梁甫吟》，聊以慰藉。

全詩即景抒情，懷古傷今，意境雄闊，感情深摯，格律嚴謹，對仗工整，體現了杜甫詩歌沉鬱頓挫的藝術風格。

【文化知識】

《梁甫吟》

　　《梁甫吟》的歌辭內容與齊國「二桃殺三士」的故事有關，內文如下：「步出齊城門，遙望蕩陰里。里中有三墓，累累正相似。問是誰家墓，田疆古冶氏。力能排南山，又能絕地紀。一朝被讒言，二桃殺三士。誰能為此謀？國相齊晏子。」

　　宋人郭茂倩在《樂府詩集》中解題說：「按『梁甫』，山名，在泰山下。《梁甫吟》蓋言人死葬此山，亦葬歌也。」從內容上看，《梁甫吟》與葬歌毫不相干，反而像一首詠史詩。故此清人朱乾（粵 kin⁴〔虔〕普 qián）在《樂府正義》中解釋說：「（此詩）哀時也，無罪而殺士，君子傷之……後以為葬歌。」他指出《梁甫吟》起初應該是「哀時」之作，而成為「葬歌」才是後來的事。

【練習】
（參考答案見第 205 頁）

❶ 詩人為何在首聯表達出見春傷心之意？

❷ 頷聯中「玉壘浮雲」一語跟「古今」有何關係？

❸ 頷聯與頸聯在內容上有何關係？

❹ 尾聯表達了詩人的甚麼願望？

登高

〔唐〕杜甫

【引言】

　　如何表達窮愁潦倒、艱難困苦之意，而又不失雄偉之象？杜甫《登高》絕對是不能不讀的作品。先看明人胡應（粵 jing³〔意證切〕普 jing）麟對本詩的一段評語：「此章五十六字，如海底珊瑚，瘦勁難移，沉深莫測，而精光萬丈，力量萬鈞。通章章法、句法、字法，前無昔人，後無學者……此詩自當為古今七言律第一，不必為唐人七言律第一人也。」可見後世學者對本詩推崇備至，認為這是雄壯高爽之作。

　　本詩先寫登高之見，後寫登高之感。首二聯所寫嘯猿、飛鳥、落木、長江，各就一山一水之景兩兩相對，氣象宏偉。首聯所寫的「猿嘯哀」、「鳥飛回」頗具孤絕之感，為全詩悲壯的氣氛奠下基調。頷聯巧用疊字，落木蕭蕭、長江滾滾，使景色更壯闊、形象更生動。頸聯「萬里悲秋常作客，百年多病獨登台」含義非常豐富：清秋已具淒涼之感，更兼作者離鄉萬里，多年顛沛流離，漂泊天涯，「常作客」顯然不是一件樂事。況且詩人暮年多病，在重九之日無親友相伴，孤獨登台，倍感寂寞。尾聯點出詩人因久客異鄉而備嘗艱辛，病多而情益困頓，白髮彌增，欲借酒銷愁，但又因病而須禁酒，敢問此愁如何消弭？

此詩精妙之處繁多，字字斟酌卻又渾然天成，因而胡應麟亦有謂：「若『風急天高』，則一篇之中，句句皆律，一句之中，字字皆律，而實一意貫串，一氣呵成。」《登高》，的確是一首曠世之作。

登高①

〔唐〕杜甫

風急天高猿嘯哀，渚清沙白鳥飛回②。
無邊落木蕭蕭下③，不盡長江滾滾來。
萬里悲秋常作客④，百年多病獨登台⑤。
艱難苦恨繁霜鬢⑥，潦倒新停濁酒杯⑦。

【注釋】

① 登高：古人在九月初九重陽節有登高的習俗。
② 渚（粵 zyu²〔主〕普 zhǔ）：水中的小陸地。回：迴旋。
③ 無邊：無盡。落木：落葉。木：本指樹木，這裏指樹葉。蕭蕭：風吹動樹葉的聲音。
④ 萬里：指遠離故鄉。常作客：長期漂泊在外。
⑤ 百年：本指一生，這裏特指晚年。
⑥ 艱難：這裏兼指國家的前途和自己的命運。苦恨：極恨。繁霜鬢：白髮增多，兩鬢像霜一樣白。

⑦ 潦（粵 lou⁵〔老〕普 liáo）倒：失意，困頓。新停：最近停止。濁酒：渾濁的酒，指劣酒。指杜甫因病戒酒，回應頷聯的「百年多病」。

【解讀】

這首詩創作於杜甫窮困潦倒的晚年。當時安史之亂已經結束四年了，但地方軍閥混戰卻接踵而來，杜甫被迫離開成都草堂南下。唐代宗大曆二年（公元七六七年）秋，杜甫來到夔（粵 kwai⁴〔葵〕普 kuí）州（今重慶市奉節縣），在重陽節當天獨自登上長江江畔的高山，寫下了此詩。全詩既描寫了登高所見的長江壯觀景色，亦傾訴了長年漂泊、體弱多病的悲愁之情。

前四句寫登高所見。巫峽兩岸多猿猴，李白詩《早發白帝城》中就有「兩岸猿聲啼不住」的詩句。天高風急，秋氣肅殺，猿猴的啼叫聽起來淒涼哀傷，越發襯托出孤寂的氣氛。第二句由聽覺轉到視覺，在清清的河洲、白白的沙岸上，只有那孤獨的飛鳥在低空徘徊。作者眼中所見，無不是淒清之景。第三、四句「無邊落木蕭蕭下，不盡長江滾滾來」是膾炙人口的千古名句。無數落葉蕭蕭而下，無盡江水洶湧澎湃，滾滾奔騰而來。春去秋來，歲月流逝永無止息，人在大自然面前顯得多麼微不足道。

此時此刻，詩人不禁聯想到自己的身世和顛沛流離的一生。年輕時窮困奔波，歷經艱辛，到了晚年，境況不但沒有改善，反而變本加厲，百病纏身，居無定所，這漂泊不定的日子到底何時是個盡頭！如果說前四句是登高所見，那麼後四句就是登高所感。秋天萬物蕭條，瀰漫着一片悲涼的氣氛，這幅秋景圖在老無所依的詩人筆下，就顯得更肅殺、更蕭條了。

本詩風格沉鬱，感情深沉，被現代古典文學家金性堯（公元一九一六至二零零七年）評為「杜詩中最能表現大氣盤旋，悲涼沉鬱之作」。

【文化知識】

亭台樓閣

《登高》中「百年多病獨登台」的「台」，是指高而平、可供眺望的方形建築物。「亭」是古代建在路旁的公家房舍，以便旅客投宿休息；亦指有頂無牆，供人休息、觀賞的建築物。歐陽修《醉翁亭記》中的「醉翁亭」，就是屬於後一類的建築。

「樓」就是重疊而建、高兩層或以上的房屋，樓上、樓下都可住人。岳陽樓、黃鶴樓就是當中的代表。「閣」和「樓」很相似，可是只有兩層高，底層為支撐層，上層為房屋，建於支撐平座上，以供休憩或置物藏書用。成語「束之高閣」，就是指把東西捆起來，置於高閣中，比喻棄置不用。

【練習】

(參考答案見第 206 頁)

❶ 詩歌首聯及頷聯如何刻劃詩人眼前景觀之壯闊？

❷ 試比較首聯及頷聯所寫的意象有何不同之處。

❸ 試分析頷聯所用疊字的作用。

❹ 本詩的景與情如何交融？

登岳陽樓

〔唐〕杜甫

【引言】

　　小時候讀宋人范仲淹的《岳陽樓記》，寫登樓可見「銜遠山，吞長江，浩浩湯湯，橫無際涯；朝暉夕陰，氣象萬千」，腦海中馬上浮現景觀無限壯闊，湖面渺無邊際。遙望遠方，只見水天一色，隱隱看見遠山輪廓。不同時間登樓，更可見不同的景象，壯麗多變的景色令人心生嚮往。及後讀到杜甫《登岳陽樓》一詩，見詩人雖只以「吳楚東南坼，乾坤日夜浮」一句形容登樓所見，但形象極其生動，一句之中竟包攬天地日月，氣象恢宏，想像遼闊。更兼詩人將眼前所見之景，連繫自身漂泊流離的身世，真情流露，沉鬱頓挫，因而備受歷代詩家所稱許，其餘寫岳陽樓之詩文自是難以匹敵。

　　清人仇兆鰲《杜詩詳註》引黃生論曰：「前半寫景，如此闊大，五六自敍，如此落寞，詩境寬狹頓異。結語湊泊極難，轉出『戎馬關山北』五字，胸襟氣象，一等相稱，宜使後人擱筆也。」可見論者對此詩推許至極。讀本詩時，除了可以特別留意頷聯「坼」、「浮」二字的妙用之外，還可注意頷聯和頸聯詩境之開闊變化，對比強烈，情感由喜入悲。最後，詩人憑欄遠眺，想到鄉關兵荒馬亂，自己則老病漂浮於江湖之上，流離失所，又與親朋失去聯絡，倍覺感

傷，不禁老淚縱橫。

　　本詩前半寫景，後半抒情，同時又情景交融，極具撼動人心之力量。

登岳陽樓①

〔唐〕杜甫

昔聞洞庭水，今上岳陽樓。

吳楚東南坼②，乾坤日夜浮③。

親朋無一字④，老病有孤舟。

戎馬關山北⑤，憑軒涕泗流⑥。

【注釋】

① 岳陽樓：即古時岳陽城西門樓，在湖南省岳陽市洞庭湖邊上。

② 吳楚：指浙江、江蘇、湖南、湖北各省一帶。坼（粵caak³〔冊〕普chè）：裂開。洞庭湖大致位於楚之東、吳之南，因此說「吳楚東南坼」。

③ 乾（粵kin⁴〔虔〕普qián）坤：日月天地。「乾」和「坤」本是《易經》上兩個相對的卦名，後分別指天地、日月、男女等性質相對的事物。浮：指日月星辰都浮在湖面上。

④ 字：指書信。

⑤ 戎馬：指唐朝與吐蕃的戰事。關山北：北方邊境。

⑥ 憑：依，靠。軒：欄杆。涕泗（粵 si⁴〔肆〕普 sì）流：即淚流滿面。
涕泗：眼淚古稱「涕」，鼻水古稱「泗」。

【解讀】

這首詩寫於詩人逝世前兩年，即唐代宗大曆三年（公元七六八年）。當時杜甫從夔州出發東行，途經岳陽，登上了神往已久的岳陽樓。這首詩就是登岳陽樓後所作的。

第一句「昔聞洞庭湖」，表明詩人對洞庭湖早有耳聞並嚮往已久，今天在離亂中竟能登上岳陽樓，此時的心情可謂悲喜交集，複雜之至。第三、四句寫登樓所見，「吳楚東南坼，乾坤日夜浮」，從岳陽樓上遠望洞庭湖，壯闊浩渺，像把吳楚的東南大地分開，日月天地就像在湖面漂浮蕩漾。這兩句運用了誇張手法，表現出洞庭湖的壯觀景色。但接下來詩人卻筆鋒一轉，由大好江山想到自己的淒涼處境：親朋無一字，老病有孤舟。親人離散，朋友失聯，陪伴自己的只有一葉孤舟。從夔州出發的這一年，詩人順長江而下，漂泊流離，基本上都是在孤舟上度過。最後詩人想到與個人身世一樣堪憂的國家命運：關山以北戰爭烽火仍未止息，憑欄遙望遠方，心事、家事、國事一起湧上心頭，一時感觸，忍不住老淚縱橫。詩人將家國命運聯繫在一起，為自己的悲苦生活而感慨，也為國家的動盪不安而憂心忡忡。憂國憂民、報國無門、壯志未酬等複雜情緒，在這湖邊如歌如泣地奔湧而出。

全詩意境開闊，風格雄渾，詩人的情感雖然悲傷，但並不消沉，在個人命運的哀歎中展現出開闊的胸襟。

【文化知識】

岳陽樓

　　位於湖南省岳陽市的岳陽樓，坐東向西，下臨洞庭，前望君山，北倚長江。岳陽樓始建於三國東吳時期，相傳為吳國都督魯肅的閱軍台，現存的岳陽樓重建於清光緒五年（公元一八七九年）。岳陽樓正面三間，三層三簷，樓高近二十米。岳陽樓與湖北省武漢市的黃鶴樓、江西省南昌市的滕王閣並稱為「江南三大名樓」，更是三大名樓中唯一能保持原貌的古建築。北宋文學家范仲淹曾寫下著名的《岳陽樓記》，使岳陽樓聲名遠播。

【練習】
（參考答案見第 207 頁）

❶ 試講述本詩感情之變化。

❷ 試指出頷聯中「坼」、「浮」二字之妙。

❸ 頷聯和頸聯之間的轉折如何形成強烈對比？

❹ 為何詩人在尾聯説自己「憑軒涕泗流」？

岳陽樓圖

石頭城

〔唐〕劉禹錫

【引言】

　　中唐詩人劉禹錫路經六朝古都金陵，感慨此地昔日光輝不再，因而寫了一系列詠懷組詩《金陵五題》。其中最為人熟悉的，莫過於第二首的《烏衣巷》——「朱雀橋邊野草花，烏衣巷口夕陽斜。舊時王謝堂前燕，飛入尋常百姓家。」金陵昔日的繁華之地如朱雀橋、烏衣巷等都經歷過歲月洗禮，如今只剩下「野草花」、「夕陽斜」的衰頹之景；在東晉王、謝兩大家族故宅築巢的堂前燕，不知主人竟已換成平民百姓了。詩作表面似乎純粹寫景，細讀之下卻景中有情，淡淡的哀愁流淌在文辭之外，可謂言不盡而意無窮。

　　下面讀到的，是《金陵五題》的第一首 ——《石頭城》。詩人為這組詩寫了一篇序文：「余少為江南客，而未游秣（粵 mut³〔孽闊切〕普 mò）陵（金陵古稱，今江蘇省南京市），嘗有遺恨。後為歷陽（今安徽省和縣）守，跂（粵 kei⁵〔企〕普 qǐ；同「企」）而望之。適有客以《金陵五題》相示，逌（粵 jau⁴〔悠〕普 yōu；同「悠」）爾生思，欻（粵 fat¹〔忽〕普 xū；迅速）然有得。他日，友人白樂天掉頭苦吟，歎賞良久，且曰：『《石頭》詩云「潮打空城寂寞回」，吾知後之詩人不復措詞矣。』餘四詠雖不及此，亦不孤樂天之言耳。」可見這首《石頭城》甚得白居易欣賞，而作者自己也認為這是一首不可多得的佳

作，另外四首亦為之不及呢！

　　大家讀本篇的時候，不妨留意詩人對長江水及「舊時月」所運用的擬人手法，這為自然景物賦予了萬千風情：長江水滾滾東來，經過石頭城之際，為何會寂寞而回？那曾照耀過六朝繁華的舊時月，又在城牆上窺看着甚麼呢？

石頭城①

〔唐〕劉禹錫

山圍故國周遭在②，潮打空城寂寞回③。
淮水東邊舊時月④，夜深還過女牆來⑤。

【作者簡介】

　　劉禹錫（公元七七二至八四二年），字夢得，洛陽（今河南省洛陽市）人。中唐時期的著名詩人和政治家。劉禹錫曾與柳宗元等人一起參與了以王叔文為首的政治革新運動，可惜以失敗告終，後被外放貶黜，期間與柳宗元創作了很多往來唱和的詩書，故兩人並稱為「劉柳」。晚年回到洛陽後，劉禹錫與白居易為詩友，二人合稱「劉白」，白居易更稱許他為「詩豪」。他的詩多關心現實之作，沉着穩健，風格自然，其中仿民歌體的《竹枝詞》和《楊柳枝詞》清新自然，別開生面，詠懷古跡的組詩也膾炙人口。劉禹錫晚年曾任太子賓客一職，故世稱「劉賓客」。今有《劉賓客集》傳世。

【注釋】

① 石頭城：三國時期，吳國孫權在石頭山金陵邑（今南京市西）築城，
取名石頭城，以保衞京師建業。吳、東晉、宋、齊、梁、陳六朝都
曾在此建都，故石頭城也成為南京的代稱之一。

② 故國：即舊都。石頭城在六朝時代一直是國都。周遭在：指四周舊
時的山巒依然可見。

③ 潮：指長江的潮水。石頭城西北有長江流過。空城：指石頭城。六
朝時繁華的石頭城到隋時已經被廢棄，因此稱「空城」。

④ 淮水：指貫穿石頭城的秦淮河。六朝時期，秦淮河曾是金陵的繁華
之地。

⑤ 女牆：指城牆上面呈凹凸形的小牆，在古代戰爭中可以用來遮蔽守
城士兵的身體。又有説女牆是仿照女子「睥睨（粵 pai⁵ ngai⁶〔倍米切；
藝〕普 pì nì）」的情態，在城牆上築起的牆垛（粵 do²〔朵〕普 duǒ；指
建築物突出的部分），包含窺視敵人之義。

【解讀】

　　這首詩是一首詠史詩，作於唐敬宗寶曆二年（公元八二六年）。
當時詩人在和州（今安徽省和縣）刺史任上返回洛陽，途徑金陵，
創作了著名的組詩《金陵五題》，而這首詩就是第一首。金陵是六
朝古都，在此建都的各朝國祚都較短，詩人在外放歸朝途中經過這
裏，不免懷古思今，感慨萬千。

　　這首詩詠懷石頭城，表面上看字字寫景。一開始，詩人以空闊
的視野寫出羣山環繞、舊城殘存的當下景象，也渲染出一幅靜默寂
寥的圖畫，讓讀者置身於蒼莽悲涼的氛圍之中。第二句詩人的視角
聚焦到一來一回的長江潮水，以動寫靜。千年不變的江潮如今依舊
拍打着城牆，但曾經繁華的城池已變成一座廢棄的「空城」。潮水似

乎也被這種荒涼和空寂所感染，只好寂寞歎息而回。詩人運用擬人法賦予江潮情感，以潮水的動來突出整座空城的靜。接下來詩人的視角又從俯視轉為仰視，看到秦淮河東邊的夜月。往昔繁盛的秦淮風月早已成為過去，天上明月像黑夜的眼，本應是這一切榮辱盛衰的見證，但它還不死心，在夜深時分偷偷探過城頭的女牆，向內窺望，可是所照見的石頭城如今只剩下一片淒涼蕭條了……

綜觀本詩，表面上字字寫景，實際上句句抒情，委婉含蓄，卻深刻動人。詩人通過山、水、明月、城牆等意象，渲染出荒涼沉寂的基調，而在靜寂的氛圍之中，「圍」、「打」、「過」等詞動態十足，以動寫靜，更襯托出石頭城的蕭條。全詩景物隨詩人視角而變，遠觀近照，俯察仰望，在寫景之中寄予詩人對六朝興亡和人事變遷的慨歎，悲涼之氣籠罩全詩。詩人在朝廷昏暗、權貴荒淫、宦官專權、藩鎮割據、外族寇邊的中唐時期，寫下這首懷古之作，慨歎六朝之興亡，顯然寓有以古鑒今之意。

【文化知識】

六朝古都南京

南京，古時有秣陵、石頭城、建業、建鄴、建康、金陵等稱謂。從公元二一一到五八九年約三個半世紀期間，吳、東晉、宋、齊、梁、陳等六朝先後在南京建都，故後人稱之為「六朝古都」。這六個朝代雖曾繁華一時，但都短命而亡，王朝興替、盛衰變幻給這座古都留下了深深的印記和豐富的內涵。六朝之後的唐、宋文人到此，常常會生起對盛衰興替的思索和感悟，「六朝古都」漸漸就成為了古代懷古詠史類作品中極富特色的一頁。

【練習】

（參考答案見第 208 頁）

❶ 詩人在本詩如何運用擬人法，描寫潮水與月亮？兩者之間又如何
互相呼應？

❷ 詩人從甚麼角度描寫石頭城景色？

❸ 詩人如何在用字上突出石頭城一事一物的動態？

琵琶行（並序）

〔唐〕白居易

【引言】

　　「同是天涯淪落人，相逢何必曾相識」是白居易《琵琶行》中的名句，九十年代的一首粵語流行曲直接引用了這兩句詩，寫兩個同樣經歷失戀的傷心人，同樣期望可以再次覓得真愛，言不多而意相通……此曲為詩句注入愛情元素，雖跟原作意思可有不同，但都寫出人生路上同病相憐者的惺惺相惜！

　　本詩寫詩人被貶為九江郡司馬後，翌年秋天一次送客之時，忽聞江中船上傳來琵琶之音。詩人細聽之下，「錚錚然有京都聲」，這似曾相識的音調給詩人帶來了幾許安慰呢！詩人自去年被貶以後，一直臥病，居於潯陽城。豈料「潯陽地僻無音樂，終歲不聞絲竹聲」，對於喜愛音樂的詩人來說，山歌與村笛又豈能滿足他的要求？當夜一聽琵琶女的演奏，詩人頓感如聽仙音，加上琵琶女可憐的身世，不禁令詩人想起自己被貶的命運，二人所感相和相應，一曲琵琶勝過千言萬語，彼此間的共鳴又豈為外人所明白？

　　琵琶女年輕時才藝出眾、美貌絕倫，卻落得流連潯陽的命運，其悲慘的遭遇自唐代以來，惹來多少人對她的同情？可是，宋人洪邁於《容齋隨筆》卻謂，琵琶女未必真有其人，而是詩人想藉此寄

託自己失意之情。又如清初《御選唐宋詩醇》評曰：「滿腔遷謫之感，借商婦以發之，有同病相憐之意焉，比興相緯，寄託遙深。」且不論本詩中的琵琶女是否真有其人，詩人對琵琶女形象的塑造，以及對琵琶聲精妙的描述，無疑相當成功，故能傳誦千古之今！

琵琶行（並序）

〔唐〕白居易

　　元和十年，予左遷九江郡司馬①。明年秋，送客湓浦口②，聞舟中夜彈琵琶者，聽其音，錚錚然有京都聲③。問其人，本長安倡女④，嘗學琵琶於穆、曹二善才⑤，年長色衰，委身為賈人婦⑥。遂命酒，使快彈數曲。曲罷憫然⑦，自敍少小時歡樂事，今漂淪憔悴⑧，轉徙於江湖間。予出官二年⑨，恬然自安，感斯人言，是夕始覺有遷謫意。因為長句⑩，歌以贈之，凡六百一十二言⑪，命曰《琵琶行》。

潯陽江頭夜送客[12]，楓葉荻花秋瑟瑟[13]。主人下馬客在船[14]，舉酒欲飲無管弦[15]。醉不成歡慘將別，別時茫茫江浸月[16]。忽聞水上琵琶聲，主人忘歸客不發[17]。尋聲暗問彈者誰[18]，琵琶聲停欲語遲[19]。移船相近邀相見，添酒回燈重開宴[20]。千呼萬喚始出來，猶抱琵琶半遮面。轉軸撥弦三兩聲[21]，未成曲調先有情。弦弦掩抑聲聲思[22]，似訴平生不得志。低眉信手續續彈[23]，說盡心中無限事。輕攏慢撚抹復挑[24]，初為《霓裳》後《六么》[25]。大弦嘈嘈如急雨[26]，小弦切切如私語[27]。嘈嘈切切錯雜彈[28]，大珠小珠落玉盤[29]。間關鶯語花底滑[30]，幽咽泉流冰下難[31]。冰泉冷澀弦凝絕[32]，凝絕不通聲暫歇。別有幽愁暗恨生，此時無聲勝有聲。銀瓶乍破水漿迸[33]，鐵騎突出刀槍鳴[34]。曲終收撥當心畫[35]，四弦一聲如裂帛[36]。東船西舫悄無言[37]，惟見江心秋月

白。沉吟放撥插弦中㊳，整頓衣裳起斂容㊴。自言本是京城女，家在蝦蟆陵下住㊵。十三學得琵琶成，名屬教坊第一部㊶。曲罷曾教善才伏㊷，妝成每被秋娘妒㊸。五陵年少爭纏頭㊹，一曲紅綃不知數㊺。鈿頭雲篦擊節碎㊻，血色羅裙翻酒污㊼。今年歡笑復明年，秋月春風等閒度㊽。弟走從軍阿姨死㊾，暮去朝來顏色故㊿。門前冷落鞍馬稀，老大嫁作商人婦(51)。商人重利輕別離，前月浮梁買茶去(52)。去來江口守空船，繞船月明江水寒。夜深忽夢少年事，夢啼妝淚紅闌干(53)。我聞琵琶已歎息，又聞此語重唧唧(54)。同是天涯淪落人，相逢何必曾相識？我從去年辭帝京，謫居臥病潯陽城。潯陽地僻無音樂，終歲不聞絲竹聲。住近湓江地低濕(55)，黃蘆苦竹繞宅生(56)。其間旦暮聞何物？杜鵑啼血猿哀鳴。春江花朝秋月夜(57)，往往取酒還獨

傾[58]。豈無山歌與村笛？嘔啞嘲哳難為聽[59]。今夜聞君琵琶語，如聽仙樂耳暫明[60]。莫辭更坐彈一曲，為君翻作琵琶行。感我此言良久立[61]，卻坐促弦弦轉急[62]。淒淒不似向前聲[63]，滿座重聞皆掩泣[64]。座中泣下誰最多？江州司馬青衫濕[65]。

【作者簡介】

白居易（粵 ji⁶〔異〕普 yì）（公元七七二至八四六年），字樂天，號香山居士，生於新鄭（今河南省鄭州市），祖籍太原（今山西省太原市），其祖父後遷居到下邽（粵 gwai¹〔歸〕普 guī）（今陝西省渭南市）。唐憲宗元和十年（公元八一五年），白居易向皇帝上書請求緝拿刺殺宰相武元衡的兇手，因此得罪權貴，被貶為江州司馬。後在忠州（今重慶市忠縣）、杭州、蘇州等地任刺史，官至刑部尚書，七十歲不再為官。

白居易是新樂府運動的宣導者，主張「文章合為時而著，歌詩合為事而作」，重視詩文的現實意義。他把自己的作品按內容分為「諷喻詩」、「閒適詩」、「感傷詩」和「雜律詩」四類（實際上這四類有重疊，當中「雜律詩」並不是以內容劃分的），其中的諷諭詩具有較強的現實意義，如新樂府《秦中吟》組詩，多反映民生疾苦，是白居易詩中頗具代表性的作品。白居易的詩作語言平易通俗，常與元稹唱和，世稱「元白」。

【注釋】

① 左遷：降職，貶官。九江郡：即江州，今江西省九江市。司馬：唐代官名，每州均設一員，多以貶斥之官員任之，徒具虛銜而實無職權。

② 湓（粵 pun⁴〔盤〕普 pén）浦（粵 pou²〔普〕普 pǔ）口：湓江匯入長江的入口處。湓江：河名，今名龍開河，在九江市西。

③ 錚（粵 zaang¹〔煎烹切〕普 zhēng）錚然：聲音鏗鏘清脆之狀。京都：這裏指唐朝京城長安。

④ 倡（粵 coeng¹〔昌〕普 chāng）：歌舞藝人。這裏指以賣藝為生的女子。

⑤ 善才：指琵琶師，含「能手」之意。

⑥ 委身：託身，這裏指下嫁。賈（粵 gu²〔古〕普 gǔ）人：商人。

⑦ 憫然：憂愁的樣子。

⑧ 漂淪：漂泊淪落。

⑨ 出官：在京城外做官。

⑩ 因為（粵 wai⁴〔圍〕普 wéi）：因此而創作。為：做，這裏指創作。長句：唐朝稱七言古詩為「長句」。

⑪ 凡六百一十二言：全詩共六百一十六字，「六百一十二」是傳寫之誤。凡：總共。言：字。

⑫ 潯陽：九江市古稱。江頭：江邊，即湓江江邊。

⑬ 荻（粵 dik⁶〔敵〕普 dí）：生於水邊的草本植物，形似蘆葦。瑟瑟：草木被秋風吹動時所發出的聲音。

⑭ 主人：指白居易自己。

⑮ 管弦（粵 jin⁴〔然〕普 xián）：管樂和弦樂器，這裏引申為音樂。

⑯ 江浸月：月亮倒映在江水中。

⑰ 發：出發，動身。這裏客人不肯離開。

⑱ 暗：悄悄地。

⑲ 欲語遲：欲言又止。

⑳ 回燈：重新點燈。重：重新，再次。

㉑ 轉軸撥弦：調弦校音。

㉒ 掩抑：遏抑，指音調低沉。聲聲思：每一聲都隱含悲傷的情思。

㉓ 信手：隨手。續續：接連不斷。

㉔ 輕攏（粵lung⁵〔壟〕普lǒng）慢撚（粵nin²〔扭淺切〕普niǎn）抹復挑（粵tiu¹〔通宵切〕普tiǎo）：攏（左手手指按弦往內推）、撚（一作「捻」，以手搓揉）、抹（順手下撥）、挑（反手回撥）都是彈琵琶的指法。

㉕《霓裳》：舞曲名，即《霓裳羽衣曲》，本為西域樂舞，自開元年間流入中原。《六么》：本名《錄要（粵jiu¹〔腰〕普yāo）》，又稱《綠要》，為歌舞曲名。

㉖ 大弦：琵琶上最粗的弦。嘈嘈：形容弦聲沉重抑揚。

㉗ 小弦：琵琶上最細的弦。切切：形容弦聲輕細急促。

㉘ 錯（粵cok³〔次角切〕普cuò）雜：交錯夾雜。

㉙ 大珠小珠落玉盤：形容聲音濁重和清脆兼備。

㉚ 間（粵gaan³〔諫〕普jiàn）關：象聲詞，模仿黃鶯的叫聲。花底：花下。滑：形容黃鶯的聲音流利婉轉。

㉛ 幽咽（粵jit³〔意結切〕普yè）：聲音微弱而不暢。冰下難：形容琵琶聲像在冰底下流淌的泉水，艱澀凝滯。難，這裏與「滑」相對。

㉜ 冷（粵ling⁴〔玲〕普líng）：清澈。澀（粵saap³〔霎〕普sè）：不潤滑。凝絕：凝滯。

㉝ 銀瓶：從井裏汲水的瓶子。乍破：突然破裂。漿：這裏指水。迸（粵bing³〔布性切〕普bèng）：四濺。

㉞ 鐵騎（粵gei⁶〔技〕普jì）突出刀槍鳴：形容樂聲雄壯激越。鐵騎：披甲的戰馬。

㉟ 撥：彈琵琶用的撥子。當心畫：用撥子在弦的中部劃過，是結束樂曲的右手手法。

㊱ 如裂帛：像布帛猛然撕裂一樣。

㊲ 舫（粵fong²〔訪〕普fǎng）：船。

㊳ 沉吟：想說話但又遲疑。

㊴ 斂容：收起因彈琵琶而激動的表情，面色變得嚴肅。容：面容，

表情。

㊵ 蝦（粵 haa⁴〔霞〕普 há）蟆（粵 maa⁴〔麻〕普 má）陵：在長安東南部，是當時歌伎舞女聚集的地方。相傳董仲舒墓在此處，董氏門人和後學經過這裏要下馬，所以叫「下馬陵」。因「下馬」音與「蝦蟆」音近，故被當地人稱為「蝦蟆陵」。

㊶ 教坊：唐代專門教習歌舞技藝的官署。第一部：指教坊中水準最高的演奏隊。

㊷ 曲罷：指每首曲彈奏完畢後。教：使得。伏：同「服」，指歎服。

㊸ 秋娘：唐代歌女舞女常用的名字，泛指歌伎。

㊹ 五陵年少：泛指貴族子弟。五陵：指五座漢代皇帝的陵墓，即長陵（高祖）、安陵（惠帝）、陽陵（景帝）、茂陵（武帝）、平陵（昭帝），它們都在長安附近，當時的富豪和貴族多在此區域居住，所以後來常用五陵代指富人聚居的地方。年少：年輕人。爭：搶着多送。纏頭：當時的習俗，歌舞表演結束後，觀眾將貴重的絲織品送給歌伎舞女，叫做「纏頭彩」，歌伎技藝越高，所得纏頭就越多。

㊺ 綃（粵 siu¹〔消〕普 xiāo）：一種精緻輕薄的絲織品。不知數：指多不勝數。

㊻ 鈿（粵 tin⁴〔田〕普 diàn）頭雲篦（粵 bei⁶〔鼻〕普 bì）：鑲有金花和珠寶的頭飾。篦：梳理鬢髮的用具，比梳子的齒更密，也可以當作髮飾插在頭髮上。擊節：打拍子，歌舞時原本用竹皮打拍子，琵琶女以頭飾代之，指頭飾寶物多不足惜。

㊼ 血色羅裙翻酒污：酒杯打翻，沾污了紅色的羅裙。

㊽ 等閒度：隨便打發時光。

㊾ 走：離開。阿姨（粵 ji⁴〔兒〕普 yí）：對女性長輩的親切稱呼。

㊿ 顏色：容顏。故：變舊，這裏指容顏老去。

(51) 老大：年紀大了。

(52) 浮梁：地名，在今江西省景德鎮市。

(53) 闌干：淚水縱橫的樣子。紅闌干：指淚水和胭脂溶在一起，流淌滿面。

(54) 重（粵 cung[4]〔蟲〕普 chóng）：再次。唧（粵 zik[1]〔即〕普 jī）唧：歎息聲。

(55) 地低濕：地勢低窪、潮濕。

(56) 黃蘆苦竹：黃蘆和苦竹都是喜陰喜潮的植物，作者以此來說明住處的環境惡劣。

(57) 花朝（粵 ziu[1]〔焦〕普 zhāo）：花開的早晨。

(58) 傾：指倒酒。

(59) 嘔啞（粵 au[1] aa[1]〔歐鴉〕普 ōu yā）：形容聲音單調。嘲哳（粵 zaau[1] zaat[3]〔渣包切；扎〕普 zhāo zhā）：形容聲音嘈雜，也作「啁哳」。

(60) 暫：突然。

(61) 良久：長久。

(62) 卻坐：退回原處坐下。促弦：擰緊弦線。

(63) 向前：剛才。

(64) 掩泣：掩面哭泣。

(65) 江州司馬：指作者自己。青衫：唐代官位低的官員，其官服為青黑色。

【解讀】

本詩寫的是詩人由長安貶到九江擔任江州司馬期間，在船上傾聽一位同樣來自長安的倡女彈奏琵琶、訴説身世的故事。

從開頭到「猶抱琵琶半遮面」，記述了琵琶女出場的一幕。首句「潯陽江頭夜送客」，點出故事發生的時間、地點、人物。「楓葉荻花秋瑟瑟」寫周圍環境，烘托出秋夜送客的蕭瑟和落寞。主人下馬，客已上船，説明離別在即，因為沒有音樂，秋夜清冷，江水茫茫，寂寂無聲，更顯得場面淒然。在這樣的環境下，忽然出現的琵琶聲彷彿空谷足音，主客雙方都不禁被樂聲吸引，所以一定要邀請琵琶女相見，重開酒宴，好讓彼此再敍離別之情。到這裏，詩人已經為琵琶女的出場做足了鋪墊。琵琶女應邀後依然「猶抱琵琶半遮

面」，並非因為矜持或高傲，而是因為滿腹「天涯淪落」之恨，使她不便明說，亦不願見人，詩人巧妙地通過肖像和動作描寫，為琵琶女自敍身世埋下了伏筆。

從「轉軸撥弦三兩聲」到「唯見江心秋月白」描寫了琵琶女演奏時的情景。詩人用細膩的筆觸，寫出琵琶女演奏時的指法、動作、神態，至於琵琶的音色、節奏、旋律，詩人更多次使用對比、比喻等手法，用視覺形象摹寫聽覺感受，把美妙而虛無的音樂具體化。用急雨、人語、珠玉、鶯啼、流水、銀瓶、鐵騎、刀槍等豐富的意象來比喻聲音，令人眼花繚亂，目不暇接。詩人又用「嘈嘈」、「切切」、「間關」這樣真切的擬聲詞，來類比琵琶的音色，可謂傳神。寫琵琶彈奏的「滑」和「澀」這兩種意境，詩人竟運用花間鳥語、冰下流泉等熟悉易明的場景來比喻，新奇而又貼切。曲終音色激越，戛然而止，盪氣迴腸，令聽者忘情，詩人適時地以「江心秋月」來渲染氣氛，給讀者留下了廣闊的想像空間。如此繪聲繪色地重現演奏場面和音樂魅力，不但展現出琵琶女起伏回蕩的心潮，更順理成章地引出下文的身世之歎。

從「沉吟放撥插弦中」到「夢啼妝淚紅闌干」是琵琶女的身世自敍。「沉吟」和「斂容」的神情，反映出琵琶女欲說還休的矛盾心態。但琵琶女最終也向知音人和知己者訴說半生遭遇：她雖然出身低微但技藝高超，年少成名，也曾有過放縱奢華的生活。然而時光流逝，她年老色衰，親友也都相繼離散，最終不得不下嫁給商人。可惜無情的商人為利奔走，琵琶女不得不常常獨守空船。在夢中回憶起年少時在京城的美好韶華，怎能不令人感傷！

從「我聞琵琶已歎息」到全詩結束，抒發了作者的感受。琵琶女彈奏出哀怨的樂曲以表達心事時，早就已經觸動了作者的心弦，因為他聽出樂音「錚錚然有京都聲」，自然勾起了對京都——長安的懷念和對自己當下境遇的慨歎。對琵琶女的遭遇，詳寫當年；對詩人自己的遭遇，則主要寫眼下，兩相比較，互為補充，使作者情不自禁地發出「同是天涯淪落人」的感慨。詩人的感歎，反過來又

使琵琶女感慨良多，再一次彈奏琵琶時，聲音就更加淒苦哀怨，而使聽者無不流淚了。

宋人洪邁在《容齋隨筆》中認為琵琶女的故事未必可信，白居易只是通過虛構的人物和情節，抒發自己遠離京都、淪落天涯的悲苦心情。無論是真是假，作者在詩中所塑造的琵琶女形象是成功的，對琵琶音色的描寫是生動傳神的，所抒發的感情也是樸素、真摯的，這都為作品賦予極強的藝術感染力。詩人在世時民間就有「童子解吟《長恨》曲，胡兒能唱《琵琶》篇」的俗諺，把這首詩與作者的另一首敍事名篇《長恨歌》相提並論，它們不但共同體現出作者高超的藝術技巧，更反映了這兩部作品強勁而持久的生命力。

【文化知識】

琵琶

琵琶不是漢族固有的樂器，而是從西域傳入中原的。琵琶起初被稱為「批把」，這是因為「批」和「把」都是彈奏的指法，所謂「推手為批，引手為把」。唐代所彈的琵琶大約是南北朝時期由中亞地區傳入中原的，經過不斷的演變、融合，成為今天漢族的民族樂器。歷史上，像琵琶這樣經過漫長的演變，而最終融入中原的外來事物還有很多，例如中原地區本沒有葡萄，西漢張騫出使西域，才將葡萄帶回中原。《漢書》中寫作「蒲陶」，後來也寫作「蒲桃」，大約在元代才被「葡萄」二字代替，而今天我們所說的「蒲桃」，則是指另一種植物了。

【練習】

（參考答案見第 208 頁）

❶ 琵琶女演奏《霓裳》與《六么》時的琴音是怎樣的？

❷ 試分析「大弦嘈嘈如急雨，小弦切切如私語。嘈嘈切切錯雜彈，
大珠小珠落玉盤」數句的妙處。

❸ 為何詩人認為自己與琵琶女「同是天涯淪落人」？琵琶女有何遭
遇？她與詩人的遭遇又有何共通之處？

琵琶行圖

李憑箜篌引

〔唐〕李賀

【引言】

聽到旋律優美的樂曲，我們大多會以「繞梁三日」來形容。除了這種説法，我們還可怎樣形容無形無色無味的音樂？就以杜布西（Achille-Claude Debussy）的《月光曲》為例吧。這位十九世紀末法國作曲家通過音樂，把月色描寫得多溫柔細膩呢！可是，若我們要以文字描述他所寫的曲子，這一定會把大家考起了。

且看當代詩人余光中所寫的《月光曲 —— 杜布西的鋼琴曲 Claire de Lune》，詩的第一節是這樣的：「廈門街的小巷纖細而長 / 用這樣乾淨的麥管吸月光 / 涼涼的月光，有點薄荷味的 / 月光。在池底，湖底」，詩人通過形象化的描述，刻劃了曲中月亮予人冰涼、寧靜、遠在天邊而難以觸摸的感覺，可見具體化的描述可給予讀者多方面的聯想。

李賀的《李憑箜篌引》運用了多種生動而形象化的比喻和描寫，帶引讀者想像李憑彈箜篌時發出的不同聲音，以及樂音為聽眾所帶來的感覺。作者的想像是瑰麗而多彩的，詩人所運用的各種意象又予人無限的想像空間，如他以「昆山玉碎鳳凰叫，芙蓉泣露香蘭笑」來形容樂音的高低抑揚——「昆山玉碎」是否形容樂音錚瑽（粵 zaang¹ cung¹〔煎烹切；聰〕 普 zhēng cōng）玲瓏？「鳳凰叫」會是怎樣的呢？

「芙蓉泣露」所指的是悲涼的音調嗎？「香蘭笑」是以花的形態來形容樂聲予人歡快之感嗎？此外，李賀還寫出不同人物、神仙、動物也被樂音打動，連月宮上的吳剛也為之所感呢！

李憑箜篌引①

〔唐〕李賀

吳絲蜀桐張高秋②，空山凝雲頹不流③。
江娥啼竹素女愁④，李憑中國彈箜篌⑤。
昆山玉碎鳳凰叫⑥，芙蓉泣露香蘭笑⑦。
十二門前融冷光⑧，二十三絲動紫皇⑨。
女媧煉石補天處，石破天驚逗秋雨⑩。
夢入坤山教神嫗⑪，老魚跳波瘦蛟舞⑫。
吳質不眠倚桂樹⑬，露腳斜飛濕寒兔⑭。

【作者簡介】

李賀（約公元七九一至八一七年），字長吉，河南福昌（今河南省洛陽市宜陽縣）人，是唐朝宗室鄭王李亮的後裔。李賀自幼聰慧過人，又刻苦學習創作，因此詩名早就傳揚海內，尤其深得當時極負盛名的韓愈賞識，仕途本應通順無阻。可惜李賀的父親名叫李晉

肅，因與「進士」同音，一些妒忌李賀的人就以「避諱名」為理由，阻止他參加進士考試，李賀因而仕途受阻。即使後來因「父蔭」、「宗孫」而得官，也只能當上九品小京官，活得鬱鬱不得志。由於自身的遭遇，李賀的詩充滿憤懣不平之氣，在藝術手法上繼承了屈原、李白詩歌的積極浪漫主義傳統，想像豐富奇特，語言瑰麗，具有獨特的藝術風格。

【注釋】

① 李憑：當時善於彈奏箜篌（粵 hung¹ hau⁴〔空猴〕普 kōng hóu）的著名梨園藝人，宮廷樂師。箜篌：一種弦樂器。引：樂府詩歌的一種體裁，篇幅較長，格律相對自由，句式以五、七、雜言為主。

② 吳絲：吳地（即長江下游一帶）出產的優質蠶絲，這裏指箜篌的弦。蜀桐：產於四川的桐木，適合做箜篌的琴身。張：彈奏。高秋：天氣爽朗的深秋。

③ 空山凝雲頹不流：空山上的雲彩被美妙的箜篌聲吸引着，凝滯而不流動了。頹：凝滯不動的樣子。

④ 江娥：湘江中的女神，一作「湘娥」。傳說帝舜南巡時死於蒼梧山（今湖南省永州市南部一帶），他的兩位妃子娥皇、女英痛哭不已，眼淚灑在竹子上，形成湘江一帶的特產 —— 帶有斑點的「斑竹」。素女：傳說中善鼓瑟的神女，曾鼓五十弦瑟，聲音悲切，十分動人。這裏指李憑彈奏的箜篌動聽得連女神也被感動。

⑤ 中國：這裏指京師，也即是長安。

⑥ 昆山：昆崙山，相傳當地盛產美玉。玉碎：形容箜篌的聲音清脆。鳳凰叫：形容箜篌的樂聲和緩悅耳。

⑦ 芙蓉泣露：以荷花上的露珠來形容低沉欲泣的樂聲。香蘭笑：以蘭花綻放出香氣，來形容愉悅輕快的樂聲。

⑧ 十二門：唐代長安城四面各有三門，共十二門，這裏代指長安。融冷光：指動聽的箜篌聲能除去深秋之寒氣。

⑨ 二十三絲：指箜篌，因有二十三弦，故稱。動：感動。紫皇：道教稱天上的至尊之神為「紫皇」，這裏指皇帝。這兩句指箜篌的樂聲能使下至平民、上至帝王都為之傾倒。

⑩ 女媧煉石補天處，石破天驚逗秋雨：樂聲震破了女媧用來補天的五色石，使天空殘缺，下起秋雨來。逗：引發。

⑪ 夢入坤山教神嫗：箜篌聲彷彿使聽眾進入夢境，覺得李憑出神入化的技藝足以飛到神山，把演奏技藝傳授給神仙。坤山，一作「神山」。嫗（粵 jyu² 〔瘀〕 普 yù）：老婦。

⑫ 老魚跳波瘦蛟（粵 gaau¹ 〔交〕 普 jiāo）舞：形容箜篌樂聲美妙，使水中的老魚、蛟龍聽到後都隨之跳躍、起舞。蛟：傳說中沒有角的龍，能興雲雨、發洪水。

⑬ 吳質：即神話中在月宮裏砍伐桂樹的吳剛。

⑭ 露腳：露珠下滴的形象說法。寒兔：傳說中月宮有玉兔，因此成為月亮的代稱。這裏誇張地說出玉兔不顧桂樹上的露珠斜飛濕腳，也要長倚桂樹，傾聽箜篌美妙的樂聲。

【解讀】

　　音樂是一種抽象的藝術，無法觸摸，無從看見，只能耳聽，只能心受，因此用語言來描繪音樂，是極其困難的，但李賀這首詩卻成功地描繪出李憑彈奏箜篌的優美樂聲。首先寫箜篌的材質上乘，製作精良，暗示演奏者亦非尋常之人，必能彈奏絕妙的樂曲。然後寫山上的雲彩聽到樂聲竟然停止了流動，顯出箜篌樂聲巨大的感染力。接下來詩人引用人們熟知的神話故事，以虛構神話人物的反應來表現樂曲的感人力量，其後才點出這是李憑在國都彈奏箜篌。有

了前文的鋪墊，讀者就會對在詩歌中段才出現的演奏家留下深刻印象和認同感。接下來詩人正面描寫樂聲，用美玉、鳳凰這樣美好的事物來作比喻，使讀者能夠想像樂聲的清越悠揚；同時以花朵來描寫樂曲所營造的意境，筆法新穎，將不同感官的感受融合在一起，進一步激發了讀者對樂音的想像。只有這樣高超的技藝，才能消融城中寒氣，感動帝王。李憑的演奏不僅感動了人間的帝王，更使上天也為之驚動，進而入山教神仙演奏，充分體現出他技藝的出神入化。水中魚、龍聽到樂聲也躍出水面，翩翩起舞，連月亮上的吳剛和玉兔也沉浸在樂聲中。作者從不同感官、角度，以人物、動物、植物，甚至是死物表現樂聲的美妙，令讀者產生無限聯想。

這首詩藝術特色鮮明，運用想像、誇張、比喻等手法，靈活運用各種意象、神話傳說和歷史典故，生動地寫出李憑高超的演奏技巧和美妙動聽的箜篌樂音，詩境瑰麗多姿，極富浪漫色彩，是不可多得的作品。

【文化知識】

箜篌

箜篌是一種流傳已久的撥弦樂器。相傳漢武帝令樂人侯調始造空侯，因製器者姓侯，而其聲坎坎，所以又稱為「坎侯」，到後來才稱為「箜篌」。

箜篌高三尺許，形如半邊木梳，弦線數目因樂器大小而不同，最少的只有五根弦線，最多的可達二十五根。箜篌分為臥式和豎式兩種。臥箜篌平放橫彈似瑟，又稱「箜篌瑟」，始於西漢；豎箜篌，又名「胡箜篌」，約在東漢靈帝時由西域傳入。豎箜篌經過歷代的發展和改進，再配合本土的音樂文化傳統，因而演化出「唐箜篌」、「明箜篌」等新式箜篌。自唐以後，演奏箜篌的人越來越少。明清之後，甚至逐漸失傳。上世紀三十年代我國有箜篌複製的工作；一九五九

年，北京樂器研究所複製了明箜篌；而日本奈良正倉院（專門保管
古代寺院財寶的倉庫）更保存了唐代漆豎箜篌殘件，有槽、頸、腳
柱、響板、梁等部分，據殘件與相關圖像，音箱當在向上彎曲的曲
木上，下方橫木則供繫弦之用。

【練習】

（參考答案見第 209 頁）

❶ 詩人為甚麼在第四句才點明題旨？試就詩作首四句的內容，加以
說明。

❷ 從何得知李憑是當時京師彈箜篌的名家？

❸ 詩人寫李憑所奏的箜篌樂聲，除了感動帝皇以外，還令甚麼人和
物為之所動？

❹ 試分析「老魚跳波瘦蛟舞」一句的妙處。

過華清宮（其一）

〔唐〕杜牧

【引言】

　　杜牧所寫的這首諷喻詩，並無一字對唐玄宗、楊貴妃予以批評，全詩只有客觀的敘事和平實的寫景內容，卻能突出詩人所諷刺的人和事。即使諷刺對象沒有出現，讀者亦不難領悟作者之意，實是此短詩的精妙之處。

　　為了博得妃子一笑，唐玄宗可謂費盡心思。他知道楊貴妃喜歡吃荔枝，每逢夏季必由南方送此佳果至京。《新唐書‧楊貴妃傳》有謂：「妃嗜荔支，必欲生致之，乃置騎傳送，走數千里，味未變已至京師。」可見玄宗為了表示對貴妃的寵愛，不惜耗費國家人力、物力，不得不謂之荒唐。唐人李肇《唐國史補》亦有謂：「楊貴妃生於蜀，好食荔枝，南海所生，尤勝蜀者，故每歲飛馳以進。然方暑而熱，經宿而敗，後人皆不知之。」荔枝可是每歲飛馳以進的呢！這位荔枝使者豈敢怠慢？萬一荔枝變壞了會有何後果？

　　作者在篇首先寫華清宮一帶的自然風光，繼而描述宮門一扇一扇的打開，原來是為了迎接從南方趕來的荔枝專騎，妃子在這個時候不禁為此開懷笑了，然而此事除了楊貴妃和唐玄宗以外，是沒有

多少人會知道的。詩人筆法含蓄，只帶引讀者看幾個宮內宮外的場景，就讓他們自行解讀：為何宮門一重又一重的打開？為何會有一騎紅塵？怎麼妃子會笑？為何送荔枝要送得這樣祕密？作者沒有說明，但諷喻已在其中。

過華清宮（其一）①

〔唐〕杜牧

長安回望繡成堆②，山頂千門次第開③。
一騎紅塵妃子笑④，無人知是荔枝來。

【作者簡介】

杜牧（公元八零三至八五二年），字牧之，京兆萬年（今陝西省西安市）人，晚唐著名詩人。因晚年居於長安城南的樊川別墅，故世稱之為「杜樊川」。杜牧生活的時代，社會危機重重，他雖然提出過許多解決社會問題的主張，如「平藩鎮」、「收失地」、「強邊防」等，但始終沒有得到採用。杜牧以詩歌著稱於世，人稱「小杜」，以區別於「老杜」杜甫。他擅長作近體詩，尤其是絕句，詠史、寫景的短詩中有不少佳作，與李商隱並稱為「小李杜」。

① 《過華清宮》：共三首七絕，這是第一首。華清宮：位於陝西省西安市臨潼縣南的驪山上，始建於唐太宗貞觀十八年（公元六四四年），初名「湯泉宮」，後於唐玄宗天寶六載（公元七四七年）擴建，易名「華清宮」，是唐玄宗與楊貴妃常去遊玩作樂的地方。

② 繡成堆：驪山樹木茂盛，景色秀美，遠看就像成堆的錦繡。

③ 千門：形容華清宮的宮門之多，「千」只是虛數。次第：一個接一個。

④ 一騎（粵 gei⁶〔技〕 普 jì）：古代一人一馬稱為「一騎」。紅塵：騎馬奔馳時所揚起的塵土。妃子：這裏指楊貴妃。

【解讀】

據史書記載，楊貴妃喜歡吃新鮮荔枝，因此每年夏天，唐玄宗都會命人騎快馬，不分晝夜地傳遞接送，從嶺南千里迢迢的送到京城長安，而荔枝味道還沒有變，自然引得貴妃嫣然一笑，可見當時玄宗為了取悅楊貴妃，不惜勞民傷財。本詩以這一歷史故事為題材，意在諷刺唐玄宗和楊貴妃窮奢極侈的生活，卻不直言批評，而是含蓄地描寫事情發生的場景，意味深長。全詩語言自然流暢，不用典故，寓意深刻，耐人尋味。

【文化知識】

唐玄宗和楊貴妃

唐玄宗寵幸楊貴妃，因而耽誤政事，甚至間接爆發安史之亂，使唐代由盛入衰，盡受史家之唾棄，然而他們之間的愛情故事卻是歷代文學家所津津樂道的題材。唐代白居易曾作長詩《長恨歌》，其

中既有對這段史事的反思，也流露出對李、楊二人堅貞不渝愛情的同情。而與白居易同時代的小說家陳鴻的傳奇《長恨歌傳》、元代白樸的雜劇《唐明皇秋夜梧桐雨》、清代洪升的戲曲《長生殿》等，都是以李、楊的愛情故事為題材創作的優秀文學作品。

【練習】
（參考答案見第 210 頁）

❶ 試指出「繡成堆」的意思。

❷ 詩人藉本詩諷喻甚麼事情？

❸ 你認為這首詩歌可以給當今的為政者甚麼啟示？

杜牧像

錦瑟

〔唐〕李商隱

【引言】

　　對於李商隱的作品，大家是不會陌生的，「身無彩鳳雙飛翼，心有靈犀一點通」、「春蠶到死絲方盡，蠟炬成灰淚始乾」，這兩聯分別來自兩首《無題》的詩，前者寫情人間的心靈相通，後者寫堅貞不移的愛。不過，有些學者認為，李商隱的詩用了不少象徵手法，加上詩意含蓄，這些「無題」詩，也許還有其他含意，可是作者已逝，實情已經無從稽考。

　　本詩以《錦瑟》為題，實為詩作開首二字而已，沒有點明主題，真正含意因而眾說紛云，但不少論者均認為這是一首悼亡詩，是為了悼念其妻王氏而作。李商隱的仕途並不順利，而他娶了王氏為妻，更令他捲入牛李黨爭的漩渦中。他本受牛黨賞識，二十五歲被推薦而舉進士。詎料李黨的王茂元亦愛其才，並於次年更將女兒王晏媄（粵 mei⁵〔尾〕普 měi）許配予他，從此李商隱被牛黨視為叛徒，一直受到排擠。不過，李商隱不但沒有後悔娶了王氏，反而跟妻子相處得和睦恩愛，及至妻子病逝，終身並未再娶。

　　詩作開首所提及的錦瑟為一種樂器，《史記·封禪書》記載了太帝使素女鼓五十弦琴瑟而發悲音的故事，作者以此悲哀的情調作為本詩開首，繼而一點一滴地訴說自己的情思。頷聯寫自己與妻子也

曾有過快樂的時刻，可惜美好的時光太短，惟有託杜鵑之聲表其哀痛。頸聯以淚表達孤苦淒涼之感，而妻子已逝，化作煙塵，不能再會。尾聯盡訴妻子離去，悵然若失，昔日情懷只待從回憶裏尋覓。

錦瑟①

〔唐〕李商隱

錦瑟無端五十弦②，一弦一柱思華年③。
莊生曉夢迷蝴蝶④，望帝春心托杜鵑⑤。
滄海月明珠有淚⑥，藍田日暖玉生煙⑦。
此情可待成追憶，只是當時已惘然⑧。

【作者簡介】

李商隱（約公元八一三至八五八年），字義山，號玉溪生，懷州河內（今河南省沁陽市）人。他一生屢受朝中「牛李黨爭」牽累，仕途坎坷。文學創作上，他的詩歌多寫時代離亂的感慨和自己失意的心情，也有一些議論時政的作品。他的「詠史」詩長於借古諷今，愛情詩含蓄深婉，各有特色；世稱「小李」，以別於「老李」李白，又與杜牧合稱「小李杜」。李商隱的七律、七絕文采斐然，語言富麗，多用暗示、襯托、誇張、比喻、象徵等藝術手法，對仗工巧，音韻和諧，但也有用典過多、語言過於雕琢、含義隱晦的缺點。

① 《錦瑟》：詩題取自本詩首句的前兩字，但並非詩歌描寫對象。錦：
　　指裝飾華美。瑟是一種樂器，據說原本有五十根弦，後來改為
　　二十五弦。

② 無端：沒有來由，無故。

③ 柱：瑟上用來繫住弦線的短木柱。華年：青春年華。

④ 莊生曉夢迷蝴蝶：據《莊子‧齊物論》記載，莊子曾夢到自己變成
　　蝴蝶，醒來後不知是自己在夢中變成了蝴蝶，還是蝴蝶在夢中變成
　　了自己。作者以這個典故來形容一種物我混同的境界，帶有離失、
　　迷茫之意。

⑤ 望帝：即杜宇，是古代蜀國的國君，傳說他死後變成杜鵑鳥，鳴聲
　　淒慘悲傷。春心：傷春之心，比喻對美好事物已逝的懷念。

⑥ 滄海月明珠有淚：古人認為南海有鮫（粵 gaau¹〔交〕普 jiāo）人，為
　　傳說中的人魚，哭泣時眼淚會化為珍珠。

⑦ 藍田日暖玉生煙：藍田即今陝西省藍田縣，盛產美玉。古人傳說，
　　美玉埋在地下，上空就會出現煙雲，在陽光下能夠看得分明。而這
　　煙雲正是美玉的精氣，可惜遠觀可察，近觀卻無，這暗指詩人與亡
　　妻的美好時光，可憶而不可即，可一而不可再。

⑧ 惘（粵 mong⁵〔網〕普 wǎng）然：茫然，模糊不清的樣子。

【解讀】

　　這是李商隱最負盛名的作品之一，對詩中所描寫的內容和作
者想表達的情感，歷來研究者都有不同觀點。有人認為就是寫樂器
瑟，有人認為是悼亡之作，有人認為是愛情詩，也有人認為是作者
感慨身世之作。詩人以錦瑟入手，說「無端五十弦」，有說是詩人念
到半百時對往事的回憶，也有說瑟本身只有二十五弦，二十五弦被

斷開，即變成五十弦，暗喻詩人與妻子死別，「無端」一詞，表達出詩人對妻子離世的無奈，至今依然無法相信，唯有「思華年」，追憶昔日與妻子恩愛生活的日子。

頸聯藉「莊子夢蝶」的典故，訴説妻子離開後，詩人一直孤苦無依，人生若有所失，因此不知夢中所見是真是假，只有像杜宇一樣，死後化成杜鵑，以悲鳴來懷念已經逝去的美好時光。

頷聯「滄海月明珠有淚」，表面上是説鮫人哭泣時眼淚會化成珍珠，其實是説詩人的眼淚，蘊含昔日美好韶華的眷戀，因而成為詩人珍而重之的珍珠；可惜即使美玉能生煙，卻可望而不可即，可一而不可再，就像妻子已逝，不能復生一樣。

尾聯更叫讀者心酸：詩人以為與妻子婚後，可以過着恩愛美好的生活，「此情」的確是「可待」的，無奈最後只能「成追憶」，當時的美好片段，已經隨着詩人的老去而逐漸模糊不清了……

詩歌連續用典，意蘊豐富而隱晦，營造出一種富於象徵意味的朦朧意境，寄託了自己深摯、複雜的情感，令人咀嚼不盡。全詩傳達出的低迴、婉轉而哀傷的情思，正是詩人豐富而複雜的內心世界的具體表現。

【文化知識】

瑟的弦線

瑟的弦線數目，向來説法不一。如《漢書・郊祀志上》説：「泰帝使素女鼓五十弦瑟，悲，帝禁不止，故破其瑟為二十五弦。」可是《周禮・樂器圖》卻説：「雅瑟二十三弦，頌瑟二十五弦。」而上世紀三十年代的上海大同樂會更製作了百弦大瑟。至於《錦瑟》中「錦瑟無端五十弦」，是説二十五弦被斷開，變成五十弦，暗喻詩人與妻子死別。

【練習】

（參考答案見第 211 頁）

❶ 本詩的感情基調是甚樣的？試舉例加以説明。

❷ 試指出本詩用典的例子。

❸ 本詩頷聯、頸聯的對仗有何精妙之處？

❹ 有説「此情可待成追憶」，可以斷句為「此情可待／成追憶」或「此情／可待成追憶」。你認為哪一種詮釋比較好？為甚麼？試簡單説明之。

菩薩蠻（小山重疊金明滅）

〔唐〕溫庭筠

【引言】

　　讀唐五代詞，往往予人一種纏綿悱惻之感。文學的潮流發展至此，除了創作形式演變成合樂之作的長短句外，唐五代詞的內容風格也跟唐代格律詩有所不同。溫庭筠精通音律，熟悉詞調，《舊唐書》記載他「能逐弦吹之音，為側豔之辭」。在他現存的六十多闋（粵kyut³〔決〕普 què；用於「詞」的量詞）詞作之中，大都以婦女的容貌、服飾等作為寫作題材，字詞運用極為雕琢華美。王國維於《人間詞話》亦有謂：「溫飛卿之詞，句秀也……李重光之詞，神秀也。」王氏評溫庭筠字句華美，李煜詞則神韻悠長，且讀本闋及其後李煜的《虞美人》，看看王國維的評論是否中肯。

　　本詞上闋先描述女子的妝容、鬢髮，繼而記述她慵懶起牀，施施然梳洗的情態；下闋則寫她用兩面鏡子照見自己前後的妝扮，最後描寫她的衣裳帖了雙雙金鷓鴣。溫庭筠實在是描寫女子容貌和情態的高手，往往能捕捉細節加以刻劃，比如詞中女主人翁為了確保妝扮完美無瑕，拿起兩面鏡子前後映照，而且鏡中還可見頭髮上的花朵呢，可謂描寫細緻，觀察入微。另外，這位女主人翁又是誰

呢？她為何會這樣懶起畫蛾眉？她細意打扮，穿上華美的衣服，是否在等待情人呢？她在等待之時，心情是怎樣的呢？溫庭筠身處政局動盪的晚唐時期，為何他又會有這麼多閒情逸致刻劃女子容貌？這跟他的背景又有何關係？

菩薩蠻（小山重疊金明滅）[①]

〔唐〕溫庭筠

小山重疊金明滅[②]，鬢雲欲度香腮雪[③]。懶起畫蛾眉[④]，弄妝梳洗遲[⑤]。　照花前後鏡[⑥]，花面交相映[⑦]。新帖繡羅襦[⑧]，雙雙金鷓鴣[⑨]。

【作者簡介】

溫庭筠（粵 wan⁴〔雲〕普 yún）（約公元八一二至八七零年），原名岐（粵 kei⁴〔其〕普 qí），字飛卿，太原（今山西省太原市）人。他才思聰敏，精通音律，但恃才傲物，屢次參加科舉考試均以落第告終，終身潦倒。溫庭筠的詩與李商隱齊名，世稱「溫李」；詞與韋莊齊名，世稱「溫韋」。他的詞作中大部分是以男女豔情、離愁別緒為主題，善於營造意境和描寫細節，風格綺麗，對後世的詞的創作和發展有深遠影響。

【注釋】

① 《菩薩蠻》：唐代教坊的曲名，源於唐朝時小國「女蠻國」的「女弟子舞隊名」（《宋史・樂志》）——「菩薩蠻隊」，後來用作詞牌名。又有「重疊金」、「子夜歌」、「菩薩鬘」等別名。

② 小山：指屏風。金明滅：陽光照在屏風上，光影閃爍；也有人認為小山指眉毛（「小山眉」是唐代女性畫眉的一種樣式），「小山重疊」指眉色的深淺，「金」指塗在額頭上的「額黃」（唐代女性的一種化妝樣式），「金明滅」指額黃的明暗。

③ 鬢雲：像雲彩一樣蓬鬆的鬢髮。度：遮掩。香腮雪，即「香雪腮」的倒裝，指帶香而雪白的面頰。

④ 蛾眉：形容女子細而幼長的眉毛。

⑤ 弄妝：化妝。遲：形容慵懶的樣子。

⑥ 前後鏡：指化妝時所用的前後兩面鏡子，從不同角度以確保妝容美觀、合襯。

⑦ 花面交相映：簪花與面容相互映照。

⑧ 帖：同「貼」。唐代有貼金工藝，用金線繡好花後，再貼在衣服上。羅襦（粵 jyu⁴〔如〕普 rú）：以絲綢織成的上衣。

⑨ 金鷓鴣：指衣服上用金線繡成的鷓鴣圖案。

【解讀】

　　這闋詞通過描繪女主人翁梳妝打扮的細節，來展示她的內心世界。上闋寫她的美貌和慵懶情態，下闋寫她梳洗的具體動作及華麗的妝容和服飾。全詞全篇刻劃細膩，通過動作描寫和細節描寫，生動地展現出女主人翁內心的孤獨和哀怨。詞中的女主人翁，身穿貼有一雙一雙鷓鴣圖案的上衣，可見她早已有心上人。所謂「女為悅己者容」，如果是約了心上人，按道理女主人翁應該輕鬆愉快地化

妝，可是詞中「懶」、「遲」字，點名了女主人翁是故意拖慢節奏、滿不在乎地化妝：首先是畫眉，然後是塗額黃，接着是梳洗，跟着是照鏡，最後是穿衣……一連串動作彷彿在拖延時間，可以推測女主人翁應該是明知道情人不會前來，因此一切動作都是慵懶的，甚至是怨恨情人失約，然而詞中半句也沒有透露這份怨恨。全詞描寫含蓄，卻能仔細而傳神地表達出女主人翁心理活動的幽微曲折。全詞語言富麗精工，色彩鮮明，可以視為溫庭筠詞作藝術風格的主流。

【文化知識】

溫庭筠與《花間集》

　　五代後蜀趙崇祚所編的《花間集》，收入了溫庭筠詞作六十餘首，此外還有皇甫（粵 pou² 〔普〕 普 fǔ）松、韋莊、牛嶠（粵 kiu⁴ 〔橋〕 普 qiáo）、張泌（粵 bat¹ 〔不〕 普 bì）等唐末至五代期間詞人的作品。這些詞作大部分是寫女子情態和心緒，辭藻華美，風格綺麗。後人將這類題材的詞稱為「花間詞」，這種創作風格的流派稱為「花間派」，而溫庭筠則被認為是花間派鼻祖。

【練習】

（參考答案見第 212 頁）

❶ 本闋詞有哪些動態的描寫？

❷ 這闋詞表現出溫庭筠怎樣的寫作風格？

❸ 有說詞中「小山」和「金」分別指「屏風」和「陽光」，也有人
   認為是指「眉毛」和「額黃」。你較認同哪一種說法？為甚麼？
   試簡單說明之。

虞美人（春花秋月何時了）

〔十國・南唐〕李煜

【引言】

　　詞是合樂的文學作品，詞人依據詞譜的字數、句數、平仄、韻腳等格式填詞，再配以音樂，抒情的力量自是更為逼人。南唐後主李煜所填的《虞美人》在現代譜成了歌曲，老師在課堂上講授此作時，每每播放鄧麗君主唱的版本，讓同學們在悠揚哀怨的歌聲中，感受李後主作為亡國之君的痛。歌者聲線甜美，調子扣人心弦，令人百聽不厭。

　　詞在唐五代時開始興起，至宋代則至為鼎盛。起初，詞的風格綺麗浮靡，如溫庭筠《菩薩蠻》（小山重疊金明滅）就是很好的例子。及至李煜擴展了詞的題材，藉此抒發家愁國恨，為當時詞的發展開闢了一片新天地。清代學者王國維有謂：「詞至李後主而眼界始大，感慨遂深，遂變伶工之詞而為士大夫之詞。」可見李後主在這方面的確是功不可沒的。

　　李後主很有藝術天分，可惜生在帝皇之家，且至他繼位時，南唐氣數將盡，難以力挽狂瀾。他寫這闋《虞美人》的時候，南唐已經滅亡，被宋太宗擄至汴京囚禁。他面對亡國之痛，可謂字字血淚，王國維在《人間詞話》論曰：「尼采謂：『一切文學，余愛以血書者。』後主之詞，真所謂以血書也。宋道君皇帝（宋徽宗）《燕山

亭》詞亦略似之。然道君不過自道身世之戚，後主則儼有釋迦、基督擔荷人類罪惡之意，其大小固不同矣。」近人龍榆生《唐宋名家詞選》引《譚評詞辨》亦言：「終當以神品目之。後主之詞，足當太白詩篇，高奇無匹。」可見後世論者對李煜極為推許。

虞美人（春花秋月何時了）[①]

〔十國·南唐〕李煜

春花秋月何時了[②]？往事知多少！小樓昨夜又東風[③]，故國不堪回首月明中[④]。雕欄玉砌應猶在[⑤]，只是朱顏改[⑥]。問君能有幾多愁[⑦]？恰似一江春水向東流！

【作者簡介】

李煜（公元九三七至九七八年），本名從嘉，字重光，南唐最後一位國君，世稱「李後主」。他在位時南唐國勢已岌岌可危，靠向北宋納貢延續數年國祚。公元九七五年，國都金陵（今江蘇省南京市）失陷，南唐滅亡，李煜降宋，遷居北宋都城汴京（今河南省開封市），三年後去世（有人認為是被宋太宗以「牽機藥」毒殺）。李煜少年時即有才華，擅長文學、音律、書畫，其詞風以南唐滅亡為界，分前、後兩期。前期多寫宮廷生活，多為風花雪月的綺麗之

作，後期風格大變，抒寫被俘後的屈辱，感情真摯沉痛，有動人的藝術力量。他的詞語言樸素，意境深遠，題材開闊，對後世詞的創作影響巨大。

【注釋】

① 《虞美人》：原為唐代教坊曲名，初詠項羽愛姬虞美人死後地下開出一朵鮮花，故名；後用作詞牌名。

② 了（粵 liu⁵〔兩秒切〕普 liǎo）：結束。

③ 小樓：這裏指作者被軟禁於汴京的住處。東風：春風。

④ 故國：指已滅亡的南唐。這闋詞作於作者降宋之後。

⑤ 雕欄玉砌：雕鏤的欄杆和以玉石砌成的石階，指遠在金陵的南唐故宮。

⑥ 朱顏：指作者自己的面容。這句是說自己容顏改變，已不再是南唐宮殿的主人了；亦有人認為「朱顏」是指舊時宮中的宮女。

⑦ 問君：這句是作者代他人設問。君：指作者自己。

【解讀】

　　《虞美人》是李煜的代表作之一，抒發了自己對南唐故國的懷念和眷戀。首句「春花秋月」本來是令人喜愛的美景，卻因為勾起了往昔的回憶而使作者傷心，不願再面對。接下來的描寫也令作者觸景生情，東風、明月等眼前景物觸發作者對昔日帝皇生活的深深懷念。從一國之君淪為階下囚，這巨大的身份落差所帶來的痛苦，作者用「只是」二字，舉重若輕地把自己的複雜情緒融入其中。最後以設問的方式，表達出自己對一去不返的往昔的沉痛追悔。

　　這闋詞語言樸素，情感真摯，寓情於景，感染力強。作者不着

痕跡地運用了對比、比喻、設問等藝術手法，特別是末句將自己的愁情比作江水，雖洶湧而不返，傳神感人，是千古傳誦的名句。

【文化知識】

《南唐二主詞》

　　除了李後主，其父李璟一樣精於填詞。李璟（公元九一六至九六一年），原名李景通，南唐烈祖的長子，史稱南唐中主。具較高文學修養的李璟，常與韓熙載、馮延已等寵臣飲宴賦詩，為適合於歌筵舞榭、飲宴酬唱的詞，奠定了良好的發展基礎。李璟的詞，感情真摯，風格清新，語言不事雕琢，不亞於李煜。

　　到南宋時期，有無名氏者將李璟、李煜二人之詞作共四十三闋（中主三闋、後主四十闋），輯錄成《南唐二主詞》。雖後世續有輯補，但都真偽雜陳，文字異同甚多。近人王仲聞於是搜羅各種版本及選本、筆記、詞話等資料，校訂《南唐二主詞》，並附上原書未收錄的詞作、散見於各書的二主詞評語、各家序跋及考證資料，編成《南唐二主詞校訂》一書，於一九五七年出版。

【練習】
（參考答案見第 212 頁）

❶ 作者以「春花秋月何時了」入題，這樣寫有何作用？

❷ 作者「不堪回首」的是甚麼？

❸ 作者怎麼描述自己的愁懷？這種寫法有何好處？

雨霖鈴（寒蟬淒切）

〔北宋〕柳永

【引言】

　　柳永為北宋家喻戶曉的詞人之一，精通音律，創作了大量慢詞（即調長拍緩的詞），令一向以小令為主的宋詞，得以脫胎換骨。在這些慢詞中，不少作品乃為樂坊歌伎而作。他善寫離愁別恨、羈旅行役，文辭雅俗並陳，抒情委婉細膩。清人劉熙載《藝概》論其詞謂：「細密而妥溜，明白而家常，善於敍事，有過前人。」柳詞通俗易懂，深受市井民眾的歡迎，宋人葉夢得《避暑錄話》卷三有載：「凡有井水飲處，即能歌柳詞。」可見其詞作流傳之廣。

　　清代學者宋翔鳳在《樂府餘論》中指，「屯田一生精力在是（指填詞），不似東坡輩以餘事為之也。」可見柳永是少有的專以填詞為業的作家，而這當然與其個人經歷關係密切。柳永在年輕時已多次應試科舉，可是屢屢落第，及至第三次落第時，更寫了《鶴沖天》（黃金榜上），一洩落榜之牢騷，該詞「才子詞人，自是白衣卿相」句，指像自己這樣的才子，多是沒有官職的多才賢士；詞末又謂「忍把浮名，換了淺斟低唱」，指自己寧可飲酒作樂，也不願考取功名呢！面對仕途失意，柳永轉而流連青樓酒肆，為教坊樂工和知音歌伎填詞，因此甚得歌伎歡迎，甚至得到她們經濟上的支援。

本篇《雨霖鈴》（寒蟬淒切）寫於柳永第四次落第，憤然離京之時。正當他決意漂泊天涯之際，與他「執手相看淚眼」的，會不會是其中一位知音的青樓歌伎呢？

雨霖鈴（寒蟬淒切）[①]

〔北宋〕柳永

　　寒蟬淒切。對長亭晚[②]，驟雨初歇。都門帳飲無緒[③]，留戀處[④]、蘭舟催發[⑤]。執手相看淚眼，竟無語凝噎[⑥]。念去去[⑦]、千里煙波，暮靄沉沉楚天闊[⑧]。　　多情自古傷離別[⑨]。更那堪、冷落清秋節[⑩]！今宵酒醒何處？楊柳岸、曉風殘月。此去經年[⑪]，應是良辰好景虛設。便縱有、千種風情[⑫]，更與何人說！

【作者簡介】

　　柳永（約公元九八七至一零五三年），原名三變，字耆（粵 kei⁴〔奇〕普 qí）卿，後改名永，字景莊。柳永雖出身官宦之家，但仕途坎坷，快五十歲才考中進士，官至屯田員外郎，負責各地軍隊開墾耕田事務，後世因此稱他為「柳屯田」。柳永精通音律，當時樂工得到新曲後常求他填詞；他與歌伎樂工過從甚密，熟知市民生活，因此不少作品皆以都市風光景物為題，不過作品還是以寫身世之歎、抒飄零之感為主。柳詞擅長鋪敍、白描，語言通俗，開拓了詞的表現內容和手法，在詞的創作發展史上有重要意義和巨大貢獻。

【注釋】

① 《雨霖鈴》：又名「雨淋鈴」，相傳唐玄宗入蜀避難時，因在雨中聽到鈴聲而想起楊貴妃，並作此曲，故名。

② 長亭：古代建在大路邊，供遠行者停留、休息的地方，通常是十里一長亭，五里一短亭。古人送行多在這裏分手訣別。

③ 都門：京城的城門。帳飲：在郊外搭起帳幕，飲酒送行。

④ 留戀處：有版本寫作「方留戀處」。

⑤ 蘭舟：船的美稱，源於魯班刻大蘭樹為舟之說。發：出發。

⑥ 凝噎（粵 jit³〔意結切〕普 yē）：因悲傷過度而說不出話來。

⑦ 去去：用疊字表示將前往的地方很遠。

⑧ 暮靄（粵 oi²〔噯〕普 ǎi）：傍晚的雲氣。楚天：古代長江中下游一帶屬楚國，所以稱南方的天空為「楚天」。

⑨ 多情：這裏指富於感情的人。

⑩ 清秋節：清冷的秋天。節：時節，季節。

⑪ 經年：經過一年或多年。這裏是說時間長，年復一年。

⑫ 千種風情：形容說不盡的思念和愛意。

【解讀】

　　這闋詞寫的是作者即將離開京城，到外地漂泊時，與戀人依依惜別的場景和心情。上闋先寫離別時的場面，通過描繪寒蟬、驟雨等自然景物，營造出淒涼悲哀的氛圍，為接下來的抒情作鋪墊。詞人和戀人彼此依依不捨，直到被催促出發，卻仍有千言萬語説不出口，只能「執手相看」，體現出兩人的真摯感情。楚天遼闊，雲霧沉沉，這種對渺遠、黯淡景物的描寫，暗示了作者對自己此去前途的隱隱擔憂。下闋首句直接抒情，因為有了上闋的充分渲染，所以這裏的情感水到渠成，更容易使讀者產生共鳴。作者其後再設想酒醒之後的孤獨情狀，此時的離愁就越發令人傷感。結尾餘韻深長，令人慨歎萬千。

　　這闋詞很能代表柳永的創作風格，全詞不用典故，主要用鋪敍、白描的手法，以通俗曉暢的語言，將清冷的秋景和悲傷的離情融合，虛實相間，曲折委婉，令人黯然神傷，咀嚼不盡。

【文化知識】

詞的體制

　　詞的體制，可據其字數、段落、節拍等來分類。

　　如以字數分類，可分為三類：小令（五十八字或以上）、中調（五十九至九十字）及長調（九十一字或以上）；如以段落分類，可分為：單調（只有一闋，即詞中的一段，亦稱「片」）、雙調（全詞共兩闋）、三疊（共三闋）、四疊（共四闋）；如以拍節分類，一般有四種：令（也稱「小令」，節拍較短）、引（以「小令」微而引長之）、近（以音調相近，從而引長的）和慢（引而愈長）。

　　以數字劃分詞的類別，看似簡單、方便，但也有其不科學之流弊，如清人萬樹在《詞律》中説：「所謂定例，有何所據？若以少一

字為短，多一字為長，必無是理。如《七娘子》有五十八字者，有六十字者，將名之曰小令乎，抑中調乎？如《雪獅子》有八十九字者，有九十二字者，將名之曰中調乎，抑長調乎？」

【練習】
（參考答案見第 213 頁）

❶ 作者在上闋如何借景抒情？

❷ 何以見得作者對戀人的不捨之意？

❸ 作者在離開以後有何感想？

桂枝香・金陵懷古

〔北宋〕王安石

【引言】

　　詞題中的金陵是現今的南京，是六朝故都，王安石身在此地之時，不禁遙想此地昔日的繁華已逝，種種舊事隨水而去，只剩寒煙、衰草。這是一篇懷古之作，上闋力寫金陵可見的壯闊景象，下闋則以慨歎歷史為主。此作備受後人推崇，南宋楊湜《古今詞話》有謂：「金陵懷古，諸公寄調於《桂枝香》者三十餘家，惟王介甫為絕唱。東坡見之，歎曰：『此老乃野狐精也！』」東坡怎麼稱王安石為「野狐精」呢？原來「野狐狸」是指雖非正宗但仍有本事的人，雖然蘇、王為政敵，但蘇東坡仍加以稱讚，可見此詞實屬佳作。

　　王安石在本詞所提到的歷史事件，乃為陳後主亡國的故事，詞中「門外樓頭」、「後庭遺曲」均與此相關。陳後主在位之時（公元五八三至五八九年），楊堅經已在北方代周而立隋，隨時可以南下伐陳，一統天下。可是，陳後主自恃金陵有長江天險，對臣下的勸告不以為然，繼續縱情賦詩享樂，生活窮奢極侈。及至隋將韓擒虎、賀若弼領五十萬之兵大舉渡江南下，陳兵節節敗退，後主自是難逃亡國被俘的命運。據說隋兵直逼金陵之際，陳後主慌忙攜同妃子張麗華、孔貴嬪藏身後堂景陽殿（即今南京雞鳴寺）的一口井內。及

至隋兵揚言落井下石，三人始向外求救，陳後主遂被俘至隋朝國都大興。

王安石身為宋神宗熙寧年間重臣，推行變法，對民生、社會、政治、歷史自是關心，故在本詞亦可見了他對歷史的反思。

桂枝香‧金陵懷古①

〔北宋〕王安石

登臨送目②，正故國晚秋③，天氣初肅④。千里澄江似練⑤，翠峯如簇⑥。歸帆去棹殘陽裏⑦，背西風，酒旗斜矗⑧。彩舟雲淡，星河鷺起，畫圖難足⑨。　念往昔、繁華競逐。歎門外樓頭⑩，悲恨相續。千古憑高，對此謾嗟榮辱⑪。六朝舊事隨流水，但寒煙、衰草凝綠⑫。至今商女⑬，時時猶唱，《後庭》遺曲⑭。

【作者簡介】

　　王安石（公元一零二一至一零八六年），字介甫，號半山，世稱王荊公（因被封為荊國公），撫州臨川（今江西省撫州市）人，北宋著名政治家、文學家。為相（實際官職為「同中書門下平章事」）期間大力推行熙寧變法，以圖富國強兵，但由於當時保守派的反對，成效不大。晚年退居金陵（今南京市）。

　　王安石主張文學「務為有補於世」，要「以適用為本」，他的詩、詞和散文都有許多佳作，例如七絕《泊船瓜洲》、議論文《傷仲永》等。王安石更是「唐宋八大家」之一。

【注釋】

① 《桂枝香》：詞牌名，此詞牌首見於王安石的這闋詞。「金陵懷古」是這闋詞的題目。

② 登臨送目：即登高遠望。

③ 故國：故都，這裏指金陵。

④ 初肅：開始肅殺，意指草木枯落、天氣清寒。

⑤ 澄（粵 cing⁴〔情〕普 chéng）江：澄澈的江水，這裏指長江。練：白色的綢緞，指長江水清澈如白。

⑥ 翠峯如簇（粵 cuk¹〔速〕普 cù）：形容山峯峭拔，聚在一起的樣子。簇：聚攏。

⑦ 棹（粵 zaau⁶〔驟〕普 zhào）：船槳，這裏代指船。

⑧ 酒旗：酒樓上布製的招牌。

⑨ 彩舟：在河上供人玩樂的小船。難足：難以充分表現出來。

⑩ 門外樓頭：指陳亡國一事。這裏化用杜牧的《台城曲》中「門外韓擒虎，樓頭張麗華」的詩句。隋朝大將韓擒虎率兵伐陳，攻破城門時陳後主還在與愛妃張麗華尋歡作樂。門：指建康（今南京）的朱

雀門。樓：指結綺閣，是陳後主專為張麗華而建的住所。

⑪ 謾 (粵 maan⁶〔慢〕 普 mán)：責備。嗟 (粵 ze¹〔遮〕 普 jiē)：歎息。

⑫ 但：只有。

⑬ 商女：歌女。

⑭ 《後庭》遺曲：指陳後主所作的歌曲《玉樹後庭花》。陳後主因荒淫亡國，《玉樹後庭花》被認為是亡國之音。最後三句化用了杜牧《泊秦淮》中「商女不知亡國恨，隔江猶唱《後庭花》」之意。

【解讀】

「金陵懷古」是古代文人常寫的題目，王安石這闋詞境界開闊，感慨深沉，在同類作品中最為人稱道。詞的上闋寫作者登高所見的景物，描繪出深秋時節，長江邊金陵城的壯美和繁華，用「畫圖難足」引發讀者的想像。下闋抒情，感慨金陵城的歷史興替，特別是陳後主因寵幸愛妃、疏於國事而導致亡國一事，從中反映出作者的批判精神和憂患意識，體現了政治家對社會的強烈責任感，顯出作者對北宋中期步入中衰的熱切關注和憂慮。

【文化知識】

張麗華

《陳書・張貴妃傳》云：「張貴妃髮長七尺，鬢髮如漆，其光可鑒。」張麗華十歲時，因姿色美豔，選美入宮，充當侍女，後來被後主陳叔寶寵幸，封為貴妃。

張麗華才辯敏銳、記憶力極好，看過的奏章，過目不忘，又能為陳後主提點不明之處，由此越來越受寵，甚至得以干預朝政，逐漸掌控實權。

　　其後隋兵攻陳，主帥楊廣見張麗華的絕世美貌，欲將她納為愛妃，然而長史（軍中祕書長）高熲（粵 gwing²〔炯〕普 jiǒng）勸諫說：「武王滅殷，戮妲己。今平陳國，不宜取（同「娶」）麗華。」（《隋書·列傳第六》）隨後命武士將張麗華斬首，並棄屍於青溪中橋。張麗華最終葬於秦淮河上游賞心亭井中，享年三十歲。

【練習】

（參考答案見第 214 頁）

❶ 首句「登臨送目」對本詞起了甚麼作用？

❷ 為何作者指金陵風光是「畫圖難足」的？

❸ 作者在下闋如何點明懷古之意？

王安石像

念奴嬌‧赤壁懷古

〔北宋〕蘇軾

【引言】

「大江東去，浪淘盡、千古風流人物」——歷史長河滾滾向東流逝，縱有千古英雄人物，始終敵不過歷史洪流的沖刷，難逃「臥龍躍馬終黃土」的命運。寥寥數語，已覺氣象萬千，情懷悲壯，詞風豪邁。蘇東坡借黃州赤鼻磯的景色借題發揮，發思古之幽情，緬懷三國時代的「周郎赤壁」，這自然令人聯想起《三國演義》的開篇詞——明人楊慎《臨江仙》：「滾滾長江東逝水，浪花淘盡英雄。是非成敗轉頭空，青山依舊在，幾度夕陽紅。」看來兩位文人對於古代英雄被浪花淘盡，同樣生出無限感慨。《念奴嬌》上闋寫景，下闋寫人。東坡在下闋刻劃了周瑜雄姿英發、風流倜儻的儒將形象，反觀自己中年被貶黃州、功業全無卻已「早生華髮」，當中蘊含了多少無奈呢？

《念奴嬌‧赤壁懷古》可說是豪放派詞人蘇軾的代表作，宋人俞文豹於《吹劍續錄》記載了以下一段故事：「東坡在玉堂，有幕士善謳，因問：『我詞何如柳七？』對曰：『柳郎中詞，只好十七八歲女孩兒，執紅牙板，歌「楊柳曉岸風月殘」；學士詞須關西大漢，銅琵琶、鐵綽板，唱「大江東去」。』公為之絕倒。」故事中的幕士點出柳永與蘇軾詞的分別，前者溫婉細膩，後者瀟灑狂放，只合關西大

漢手執鐵板伴奏，是何等慷慨激昂！讀過前頁的柳詞後，不妨對比一下蘇軾的《念奴嬌》，且看這幕士之言孰真孰假。

念奴嬌·赤壁懷古①

〔北宋〕蘇軾

大江東去，浪淘盡、千古風流人物②。故壘西邊③，人道是、三國周郎赤壁④。亂石穿空⑤，驚濤拍岸⑥，卷起千堆雪⑦。江山如畫，一時多少豪傑。　　遙想公瑾當年⑧，小喬初嫁了⑨，雄姿英發⑩，羽扇綸巾⑪，談笑間、強虜灰飛煙滅⑫。故國神遊⑬，多情應笑我，早生華髮⑭。人生如夢，一樽還酹江月⑮。

【作者簡介】

蘇軾（公元一零三七至一一零一年），字子瞻，號東坡居士，宋仁宗嘉祐二年（公元一零五七年）進士，在朝時因與王安石政見不合，請求外任，先後在杭州、密州（今山東省諸城市）、徐州（今

江蘇省徐州市)、湖州（今浙江省湖州市)、潁州（今安徽省阜陽市）等地為官。宋神宗元豐二年（公元一零七九年）因「烏台詩案」入獄，出獄後又被貶黃州（今湖北省黃岡市)。宋哲宗即位後被召回京城，紹聖初年又被貶到惠州、儋（粵 daam¹〔耽〕普 dān）州（今海南省儋州市)。宋徽宗即位後，蘇軾得到赦免，得以北歸，最後在常州（今江蘇省常州市）病逝，諡號文忠。蘇軾博學多才，書畫兼擅，詩、詞、文俱佳，同時還有相當數量的理論著作，與父親蘇洵、弟弟蘇轍在「唐宋八大家」中共佔三席位，合稱「三蘇」。有《蘇東坡集》、《東坡樂府》傳世。

【注釋】

① 《念奴嬌》：詞牌名，名稱相傳源於唐代一位名叫念奴的歌姬。「赤壁懷古」是本詞的題目。

② 風流人物：指傑出的歷史人物。

③ 故壘：過去殘存的營壘。

④ 周郎赤壁：赤壁戰場在今湖北省赤壁市，蘇軾作此詞時在黃州，所遊之地是赤鼻磯，而非赤壁之戰的古戰場，因此特意加上「周郎」二字。

⑤ 亂石穿空：指陡峭的山崖直插雲霄。有的版本寫作「亂石崩雲」。

⑥ 驚濤拍岸：有的版本寫作「驚濤裂岸」。

⑦ 千堆雪：形容浪花層層堆疊的樣子。

⑧ 公瑾（粵 gan²〔緊〕普 jǐn）：即周瑜，其字公瑾。

⑨ 小喬：周瑜的妻子。正史作「橋」，為廬江的橋公之次女，據說年僅十六歲就嫁予周瑜。

⑩ 英發（普 fā）：談吐不凡，見識卓越。

⑪ 羽扇綸（粵 gwaan¹〔關〕普 guān）巾：為古代儒將的裝束。羽扇即以羽毛製成的扇子，綸巾是配有青絲帶的頭巾。

⑫ 強虜：強敵，這裏指曹操的軍隊。有的版本寫作「檣櫓」，代指曹軍的戰船，亦通。灰飛煙滅：指曹軍戰船和士兵因「火燒連環船」而全軍覆沒。

⑬ 故國：這裏指三國古戰場。神遊：在想像、夢境中遊歷。全句應為「神遊故國」之倒文。

⑭ 華髮：白髮。此兩句同樣為「應笑我多情，早生華髮」的倒文。

⑮ 樽：飲酒的器皿。酹（粵 laai⁶〔賴〕普 lèi）：以酒澆地表示祭奠。

【解讀】

　　這闋詞是蘇軾遊覽黃州赤壁（即「赤鼻磯」）時所作。上闋寫景，為英雄人物 ── 周瑜的出場作鋪墊。由長江着筆，寫得開闊豪放，雄壯有力，營造出壯闊的意境。作者由滾滾江水聯想到曾在這裏建功立業的風流人物，再寫赤壁雄奇壯闊的景物，讀來令人心胸開闊，精神也為之振奮。以「江山如畫」來總寫眼前之景，再以「一時多少豪傑」引出下闋的敍述和抒情，銜接自然。下闋主要寫周瑜事跡，寥寥數筆，勾勒出一位英姿勃發、功勳初建的青年儒將形象，可見作者對周瑜的追慕之情溢於言表。其後筆鋒一轉，由古代英雄想到謫居此地的自己，難免慨歎萬分，但作者並不消極，以「多情應笑我」表現出豁達放曠的內心。最後以江月收束全篇，意境開闊、超脫，顯示出作者達觀的人生態度。

　　這闋詞氣象磅礡，格調雄渾，將奮發的豪情和超曠的思緒相糅合，形成了豪邁奔放的藝術風格，確實切合幕士「銅琵琶，鐵綽板」之言。

【文化知識】

婉約派與豪放派

　　詞形成於唐代，五代時期逐漸成熟，到宋代發展到頂峯，形式更臻完善，內容也更加豐富。就創作風格而言，宋詞大致可分為婉約、豪放兩派。婉約詞文辭清麗，感情蘊藉，溫庭筠、李煜、晏殊、柳永、李清照等人的作品多屬此類；豪放詞氣象恢弘，代表作家有蘇軾、辛棄疾等。但這種分類僅就作品本身而言，同一位作家可能在不同作品中體現出不同風格。如蘇軾、辛棄疾也有一些語言婉麗的詞作，所謂「詞派」是比較粗略的劃分，在對詞人風格的具體分析則不可一概而論。

【練習】
（參考答案見第 214 頁）

❶ 試指出作者以「大江東去，浪淘盡、千古風流人物」領起全篇之
　作用。

❷ 作者在上闋指出「江山如畫」，試就此加以分析。

❸ 為何作者遙想公瑾？試就作者的背景加以分析。

鵲橋仙（纖雲弄巧）

〔北宋〕秦觀

【引言】

　　讀這闋《鵲橋仙》的時候，相信大家都會不禁回想起前文的《迢迢牽牛星》——牛郎織女被逼分隔銀河兩岸，在綿綿無盡的思念之中，織女只能隔着星河，遙望彼岸的愛郎，因而心生無限淒涼、泣涕連連，形象惹人同情，讀者不覺為之動容，為天上和凡間有情人之不能終成眷屬而感到悲哀。在這闋詞裏，秦觀對牛郎織女之情卻有另一番解讀，他的不朽名句「兩情若是久長時，又豈在朝朝暮暮」，指兩個人如果深愛對方，即使未能朝夕相對，仍能心心相印、心意互通，感情可以是細水長流的。你又是否同意呢？

　　秦觀的用字很美，論者南宋張炎於《詞源》曰：「秦少游詞，體制淡雅，氣骨不衰，清麗中不斷意脈，咀嚼無滓，久而知味。」也許我們在這闋詞中多多少少能體會當中的「淡雅」和「清麗」，如開首的「纖雲弄巧，飛星傳恨」將銀河景色寫得非常嫩動人，描繪了牛郎織女將要相逢的晚上，天上的雲彩如織女以巧手織出的紋理一樣，纖細美觀，忽爾天邊星星飛快墜落，猶如訴説情人不能見面的相思之「恨」。在七夕的晚上，秋風颯爽，露水如玉，一對情人終

可相逢，當中的情意更勝人間的朝夕共守。經過這如夢的晚上，二人終要分別，卻又難捨難離，不忍回顧那由喜鵲搭成的歸路。本詞最後二句，是為了牛郎織女而寫，還是作者自身對情人的叮囑？

鵲橋仙（纖雲弄巧）①

〔北宋〕秦觀

　　纖雲弄巧②，飛星傳恨③，銀漢迢迢暗渡④。金風玉露一相逢⑤，便勝卻人間無數。　　柔情似水，佳期如夢，忍顧鵲橋歸路⑥？兩情若是久長時，又豈在朝朝暮暮？

【作者簡介】

　　秦觀（公元一零四九至一一零零年），字少游，一字太虛，號淮海居士，揚州高郵（今江蘇省高郵市）人。宋神宗元豐八年（公元一零八五年）進士，為官時屢遭貶謫，徽宗即位後放還，死於途中。秦觀是「蘇門四學士」之一（其餘三位是黃庭堅、晁（粵 ciu⁴〔潮〕普 cháo）補之、張耒（粵 leoi⁶〔類〕普 lěi）），擅長婉約詞，風格清麗，有情致，多寫男女情愛，也有一些感傷身世之作。

【注釋】

① 《鵲橋仙》：詞牌名，最初歌詠牛郎織女在七夕於鵲橋相會的故事，
   因歐陽修「鵲迎橋路接天津」一句而得名。

② 弄巧：傳説中織女是織造雲錦的巧手，所以七夕這天的雲彩特別纖
   細、好看。

③ 飛星：指牛郎、織女二星。

④ 銀漢：銀河。迢（粵 tiu⁴〔條〕普 tiáo）迢：遙遠的樣子。

⑤ 金風：秋風。古人以五行對應四季，木、火、金、水分別對應春、
   夏、秋、冬，而土生萬物，故不與具體季節相對應。玉露：像玉一
   樣潔白剔透的露水。

⑥ 忍顧：怎能忍心回望。這裏的「忍」是反語，意即「不忍」。鵲橋：
   傳説每年農曆七夕夜晚，喜鵲在銀河上架起長橋，讓牛郎、織女渡
   過銀河相見。

【解讀】

　　牛郎織女鵲橋相會的故事，前人多有描寫，但秦觀這首詞卻能
翻出新意，認為只要愛情堅貞，就不必強求朝夕相伴，即使終年天
各一方，也同樣可貴。

　　這闋詞起首用七夕之夜的雲彩，暗寫織女的聰慧靈巧，這樣美
好的女子卻不能與心愛之人共同生活，使讀者更能體會她與牛郎不
能相見的「恨」。「飛」字傳神地表達出他們盼望相見的急切心情。
「迢迢」，説明路途之遠，相見之難，也就表現出相思之苦。「金風玉
露」引用了李商隱《辛未七夕》詩中「可要金風玉露時」一句，既
點出相見的季節、時間，同時也以清爽的秋風和晶瑩的露珠，來暗
喻他們心靈的高尚純潔。下闋寫兩人難得相見之後又要即夜分開，
依依惜別，不忍離去，極寫留戀之情。忽然又筆鋒一轉，發出「又

豈在朝朝暮暮」的警醒之語，使全篇為之一振。

　　本詞語句自由流暢，像「兩情若是久長時，又豈在朝朝暮暮」之句，近於散文，但又合詞律，顯得婉約有致，餘味盎然。

【文化知識】

秦少游與蘇小妹

　　民間傳說蘇軾之妹蘇小妹為秦觀之妻，連電視劇、電影也曾以此為題材，為觀眾所津津樂道，當中最著名的版本，應是明代小說家馮夢龍《醒世恆言》第十一卷的《蘇小妹三難新郎》。故事講述成親當夜，蘇小妹題寫了三句詩句，要求少游對答，答對方准洞房，否則罰在外廂讀書三個月。故事當然是大團圓結局，少游憑藉才思，連續闖過三關，終與嬌妻共度洞房花燭夜。不過，據後人考證，蘇小妹應為虛構人物，因為「三蘇」之一的蘇洵，只有蘇軾和蘇轍兩位兒子，至於秦觀的元配，乃為高郵富商徐成甫之女徐文美。

【練習】
（參考答案見第 215 頁）

❶ 作者如何為牛郎織女的會面作鋪墊？

❷ 「金風」、「玉露」如何突出秋景？

❸ 牛郎織女相會時的情況是怎樣的？

❹ 作者對情人共聚的想法是怎樣的？

聲聲慢（尋尋覓覓）

〔南宋〕李清照

【引言】

　　「尋尋覓覓，冷冷清清，淒淒慘慘戚戚」，這是多麼令人難堪的情境呢？這幾句不但寫出秋天襲人的寒氣，更道出一位才貌兼備的女詞人晚年獨居的淒涼。看過李清照經歷的種種，莫不令人泫然淚垂，這樣的一位才女自是令人懷念和感傷⋯⋯

　　李清照之父李格非以文章受知於蘇軾，母親亦知書能文，可謂書香世家。李清照十八歲嫁予太學生趙明誠，明誠對金石研究極具興趣，除了收藏金石器物以外，還喜收藏書籍、書法、名畫。他們夫婦二人志同道合，共同校勘古籍，唱和詩詞，清照又協助明誠從事收藏和研究工作，自是一對天造地設的佳偶。可是，及至清照四十六歲，明誠病逝，更兼遇上金兵入侵而奔走逃難，他們二人所收藏的東西幾乎全部散佚，舊日生活的片段轉瞬化為陳跡，種種悲苦，確實令人難以承受。

　　李清照晚年生活孤苦淒涼，生活上的一事一物均能勾起昔日的回憶。詞中「雁過也，正傷心，卻是舊是相識」，這些雁兒是不是她在《一翦梅》（紅藕香殘玉簟秋）所提到的呢？「雲中誰寄錦書來？雁字回時，月滿西樓」，當時明誠與她新婚不久，即負笈遠遊，故以《一翦梅》吐露思念之情。可是，而今情人安在？李清照此刻只能空

守窗前，聽雨點打在梧桐樹上，「點點滴滴」。到底她寫的是雨，還是她晶瑩的淚？

聲聲慢（尋尋覓覓）①

〔南宋〕李清照

尋尋覓覓②，冷冷清清，淒淒慘慘戚戚③。乍暖還寒時候④，最難將息⑤。三杯兩盞淡酒，怎敵他、晚來風急⑥？雁過也，正傷心，卻是舊時相識⑦。　　滿地黃花堆積，憔悴損⑧，如今有誰堪摘？守着窗兒，獨自怎生得黑⑨？梧桐更兼細雨，到黃昏、點點滴滴。這次第⑩，怎一個、愁字了得！

【作者簡介】

李清照（公元一零八四至一一五五年），號易（粵 ji⁶〔二〕普 yì）安居士，濟南（今山東省濟南市）人，丈夫趙明誠是金石學家，他們有共同的愛好興趣，一起收集金石書畫，一起從事研究、考證

工作。兩宋之際，趙明誠病故，適逢金兵入侵，李清照輾轉南遷，晚年孤獨淒涼。李清照詞以婉約見長，前期多寫閨中情思及閒適生活，南渡後風格轉變，有許多感時傷亂的作品，情感淒愴沉鬱。後人輯有《漱玉詞》。

【注釋】

① 《聲聲慢》：詞牌名，共九十七字，屬慢詞，且起初全詞俱以「聲」字入韻，故名。本詞初用平聲韻，後有仄韻體，但多押入聲，如此篇即是。

② 尋尋覓覓：形容心神不寧，若有所失的樣子。

③ 淒淒慘慘戚戚：憂愁苦悶之貌。

④ 乍暖還寒：指秋季的天氣忽冷忽熱。

⑤ 將息：舊時方言，指休息，調養。

⑥ 怎敵他：怎能抵擋。敵：抵擋、對付。他：在這裏用作襯字，無所指。

⑦ 舊時相識：李清照作此詞時已流落到南方，所以看到從北方飛來的大雁，說牠們是「舊時相識」。

⑧ 憔悴損：枯萎凋謝。

⑨ 怎生得黑：怎樣才能捱到天黑。

⑩ 次第：情景，境地。

【解讀】

這是李清照晚年的名篇。詞中用秋天淒涼衰敗的景色，襯托出自己孤獨無依的淒苦，沉痛感人。

起首三句連用七組疊詞，並押入聲韻，營造出一種清冷的氛圍，體現出作者的孤寂、壓抑，確定了全詞的感情基調。秋季天氣

陰晴不定，身體無法調養，詞人只好以酒禦寒，卻並不能抵擋肅殺的晚風，反而陷入「舉杯消愁愁更愁」的境地。看見雁過，想起昔日在北方與家人平靜、安適的生活，更覺傷心。下闋寫落花，菊花向來是凌霜開放，如今連菊花都已枯萎凋謝，一派衰敗景象，怎能不令人傷感？獨自一人，漫長時光無從消磨，坐在窗邊聽着秋雨打在梧桐葉上的聲音，點滴斷續，更添愁思。如此光景，作者的滿腹心事無從傾訴，即使說「愁」也不足以表達了。

這闋詞的語言平易流暢，感情深摯，用秋天常見的秋風、大雁、菊花、梧桐、秋雨等意象來寄託感情、渲染氣氛，寫出了作者晚年的孤獨心境。詞中疊字的運用，更見匠心獨運，在表達上具極強感染力，向來為人們所稱道。

【文化知識】

詞的正格和變格

《聲聲慢》起初只押平聲韻，此乃其「正格」或「正體」，但李清照的《聲聲慢》卻用入聲韻，此乃「變格」或「變體」。出現變格的原因有許多，一般是由於音樂在不同場合演奏有所不同，因而作出客觀的改變，或者詞人填詞時因主觀需要，特意稍作修改。

詞的變格形式甚多，有的只在字數上稍作改變，例如《卜算子》的結句為五言，是為正格，到李之儀時，化為六言，並加上「、」，稍作停頓，即「定不負、相思意」；有的在句數上改變，例如《江城子》正格的結句本為兩句三言，變格可以是一句七言；有的在韻腳或平仄上改變，例如《聲聲慢》；有的甚至在片數上有所改變，例如《天仙子》原本只有一闋，共三十四字，變格則將其重疊，變為雙調。

【練習】

（參考答案見第 216 頁）

❶ 作者以七組疊詞領起全篇，試分析其精妙之處。

❷ 作者所寫的是甚麼時節？何以見得？

❸ 作者借黃花、細雨的描寫表達出甚麼感情？

李清照像

書憤（其一）

〔南宋〕陸游

【引言】

　　陸游素有愛國詩人之稱，他主張抗金北伐，其詩作多以抗金救國為基調。他生於北宋末年，出生後不久北宋就滅亡了，宋室倉皇南下，以臨安為都，開始了偏安江左的時期。要是你讀了這本集子所選的辛棄疾《永遇樂》（千古江山），就會發現陸游與辛棄疾生於同一時期，他們二人均有抗金北伐、收復中原故土的志向。面對北方金人的威脅，他們時刻以國家安危為念，這樣的思想自然訴諸於詩詞之中。他們二人志同道合、惺惺相惜，在陸游知道辛棄疾晚年再被朝廷起用時，更寫了長詩《送辛幼安殿撰造朝》給他，鼓勵他勇於承擔收復中原之事業，可見二人的深厚情誼。

　　《書憤》本有兩首，這裏所錄的是第一首。作者在詩中寫自己在年少時「中原北望氣如山」，可見其滿懷報國的熱忱，又描寫自己在樓船、鐵馬上的種種經歷，可謂豪氣干雲。可惜作者的報國之志未能如願，因而在本詩後半以歎息為主，感慨自己鬢已斑白，朝中又沒有像諸葛亮這樣的英雄人物，不禁予人悲壯蒼涼之感。

　　陸游寫這首詩的時候，已經六十一歲，但他的愛國之情卻一直不減。及至他八十五歲，還寫了絕筆之作《示兒》：「死去原知萬事

空，但悲不見九州同。王師北定中原日，家祭無忘告乃翁。」陸游
臨終之時，還叮囑兒子，在朝廷收復中原之日，要到墳前告訴他。
只可惜的是，陸游的願望始終沒有實現……

書憤（其一）①

〔南宋〕陸游

早歲那知世事艱②？中原北望氣如山。
樓船夜雪瓜洲渡③，鐵馬秋風大散關④。
塞上長城空自許⑤，鏡中衰鬢已先斑⑥。
出師一表真名世⑦，千載誰堪伯仲間⑧！

【作者簡介】

陸游（公元一一二五至一二一零年），字務觀（粵 gun³〔罐〕普
guàn），號放翁，越州山陰（今浙江省紹興市）人。南宋高宗年間曾
參加禮部考試，排名前列，但因為主張收復北方，觸怒權貴而被除
名。後來應四川宣撫使王炎之邀，入蜀投身軍旅，其後擔任禮部郎
中等職，官至寶章閣待制，晚年退居家鄉。陸游一生創作極多，現
存詩九千餘首，題材廣泛，既有表達愛國思想、描寫軍旅生活的作
品，也有抒發個人情思、記述生活點滴的作品。有《渭南文集》、《劍
南詩稿》等傳世。

① 《書憤》：本詩作於宋孝宗淳熙十三年（公元一一八六年），當時陸游已返鄉山陰閒居。

② 早歲：早年。那：這裏同「哪」。

③ 樓船：高大的戰船。瓜洲渡：瓜洲渡口，是當時的重要江防所在地，位於今江蘇省揚州市邗江區的長江北岸。

④ 鐵馬：披着鐵甲的戰馬。大散關：這是當時宋、金的西部邊界，在今陝西省寶雞市西南。上述兩句都是對二十多年前兩場抗金勝仗的憶述。

⑤ 塞上長城空自許：作者認為自己是保衛國家的萬里長城，但卻無法付諸實踐，所以說「空自許」。空：白白地。

⑥ 斑：形容頭髮花白。

⑦ 出師一表：指諸葛亮的《出師表》，當中的忠君愛國之心廣受讚頌。名世：聞名於世。

⑧ 千載誰堪伯仲間：近千年來誰也不能與之（諸葛亮）相比。伯仲：本指兄弟，這裏的意思是相似、相若。

【解讀】

　　這是陸游晚年的代表作之一。南宋軍隊在虞允文和吳璘的帶領下，於瓜洲渡和大散關也曾擊敗過金兵。作者在詩的前半部分回顧自己年輕時的豪情和壯舉，描寫當年抗金時令人振奮的場面，寫得積極豪邁。後半部分卻陡然一轉，說自己年紀已老邁，然而抗金大業尚未成功，空有報效國家的志向，無法實現，與前面提到的「世事艱」相呼應，暗指朝中主和的大臣對抗金舉動的阻撓和對主戰人

士的打壓，「空」字寫出了作者的無奈和憤懣，以及理想無法實現的痛苦。最後通過讚頌同樣以收復中原為己任的諸葛亮，道出了自己收復失地的堅定信念，也含蓄地批評當權者中沒有像諸葛亮這樣的人物，致使國家偏安一隅。

詩人先追憶自己青年時代的戰鬥場景，再通過往昔和當下、古人與今人的對比，表達了渴望收復中原的雄心壯志，和晚年理想落空的悲涼激憤，語言精練而富有表現力，感人至深。

【文化知識】

南宋「中興四將」

所謂「中興四將」，是指南宋時期四位著名的南渡將領，一般是指劉光世、韓世忠、張俊和岳飛，這四位將領均有爵位，劉光世追封鄜（粵 fu¹〔夫〕普 fū）王，韓世忠追封蘄（粵 kei⁴〔其〕普 qí）王，張俊追封循王，岳飛追封鄂王，這個説法乃源於南宋中期宮廷畫家劉松年所繪《中興四將圖》。亦有説法為以劉錡取代劉光世；至於第三種説法，乃由南宋史官章穎提出，將劉錡、岳飛、李顯忠和魏勝列入自己的《皇宋中興四將傳》一書中。

無論哪種説法，岳飛都是中興四將之首，而韓世忠也是將功赫赫，可謂當之無愧，反而劉光世和張俊則多有濫竽充數之嫌。劉光世在抗金時，大多不奉詔而設法退避，人稱「逃跑將軍」；張俊更協助秦檜推行乞和政策，更與秦檜合謀，誣指岳飛謀反，導致岳飛被枉殺。

【練習】

（參考答案見第 216 頁）

❶ 詩人如何描寫自己年青時期的經歷？

❷ 詩人在頸聯表達了甚麼感慨？

❸ 詩人為何在篇末提到《出師表》？

永遇樂‧京口北固亭懷古

〔南宋〕辛棄疾

【引言】

　　辛棄疾生於南宋時期，當時淮河以北的地區已為金人所佔，且金人對漢人的奴役和壓榨不斷，惹來漢人不滿。辛棄疾既為山東歷城人，不甘為金人統治，矢志光復宋室，助其收復北方失地，故他在二十一歲就在現今山東一帶組織起義軍，反抗金人統治。辛棄疾在其年少氣盛之時，已對金國深惡痛絕，可惜義軍出現叛將，令其抗金計劃未能實現。起義過後，辛棄疾隨即帶領上萬士兵南下歸宋，但南宋政府並沒有重用這批人，反而只讓他們散置在淮南各縣之中，辛棄疾本人更是一直不被重用。

　　本詞寫於宋寧宗開禧元年（公元一二零五年），當時距離辛棄疾南歸已有四十三年了，獨攬軍政大權的韓侂冑（粵tok³ zau⁶〔托就〕普tuō zhòu）為了建立一番功業，展開對金人的攻擊，再次起用辛棄疾，並任命他為鎮江知府，本詞應寫於任期之中。正當辛棄疾勤於打點各項軍務之際，韓侂冑竟在辛棄疾上任不足十五個月後，對他予以彈劾，將他罷免。辛棄疾一直沒有放棄抗金的決心，即使被投閒置散多年，仍滿懷為國立功之志。可是，鎮江知府的任命和罷免

無疑為辛棄疾帶來沉重的打擊，一片報國之心不被欣賞和重用，最終在六十八歲與世長辭。

本詞是一闋懷古之作，清人李佳在《左庵詩話》有謂：「此闋悲壯蒼涼，極詠古能事。」且看辛棄疾如何借史呈現悲壯蒼涼之感。

永遇樂·京口北固亭懷古[①]

〔南宋〕辛棄疾

千古江山，英雄無覓，孫仲謀處[②]。舞榭歌台[③]，風流總被，雨打風吹去。斜陽草樹，尋常巷陌[④]，人道寄奴曾住[⑤]。想當年，金戈鐵馬，氣吞萬里如虎。　元嘉草草[⑥]，封狼居胥[⑦]，贏得倉皇北顧[⑧]。四十三年[⑨]，望中猶記，烽火揚州路[⑩]。可堪回首[⑪]，佛狸祠下[⑫]，一片神鴉社鼓[⑬]。憑誰問：廉頗老矣，尚能飯否[⑭]？

【作者簡介】

辛棄疾（公元一一四零至一二零七年），字幼安，號稼軒，歷城（今山東省濟南市）人。辛棄疾生於金國，受家人薰陶，從小就有抗金志向，二十二歲時帶領兩千多人起義，其後率起義隊伍加入南宋的抗金部隊，輾轉南歸。後曾在湖南、湖北、江西等地任職，整頓軍事，安定民生，頗有政績。但由於出身問題，一直不被重用，最後鬱鬱而終。辛棄疾一生有詞作六百餘闋，風格多樣，好用典，抒寫愛國熱情的作品豪壯激烈，也有一些婉約柔美的作品。

【注釋】

① 《永遇樂》：詞牌名，始創於柳永，亦名《消息》。京口：在今江蘇省鎮江市。北固亭：在鎮江市北固山上。

② 英雄無覓，孫仲謀處：意思是無處尋覓像孫仲謀那樣的英雄。孫仲謀：即孫權，字仲謀，吳國的開國君主，同樣領守江東，一心收復中原。

③ 舞榭（粵 ze⁶〔謝〕普 xiè）歌台：指歌舞的樓台。榭：建築在平台上的房屋。

④ 巷陌：街巷。

⑤ 寄奴：南朝宋武帝劉裕的小名。他生於京口，後來北伐勝利，取代東晉，建立劉宋王朝。

⑥ 元嘉：宋武帝之子宋文帝劉義隆的年號（公元四二四至四五三年）。草草：草率，指宋文帝沒有做好準備就倉促北伐，最後事敗。

⑦ 封狼居胥（粵 seoi〔須〕普 xū）：表示要向北抗擊敵人立功。西漢武帝時，霍去病追擊匈奴到狼居胥山（位於今中國、蒙古國邊境一帶），並在山上築壇祭天，表示慶祝勝利。

⑧ 贏得：這是反語，意思接近「落得」。倉皇北顧：驚惶失措地北望追

來的敵軍。這是指宋文帝元嘉二十七年（公元四五零年）王玄謨（粵mou⁴〔毛〕普mó）率軍北伐，大敗而歸的事。

⑨ 四十三年：指作者自己領軍南下歸宋以來的時間。辛棄疾歸宋是在宋高宗紹興三十二年（公元一一六二年），寫這闋詞時是開禧元年（一二零五年），正好四十三年。

⑩ 烽火揚州路：形容作者南歸時揚州一帶抗金的戰鬥場景。路：宋代的行政區域，揚州屬淮南東路。

⑪ 可堪：哪堪，不堪。

⑫ 佛狸（粵bat⁶ lei⁴〔拔梨〕普bì lí）祠：北魏太武帝拓跋燾（粵tou⁴〔逃〕普táo）小名佛狸，他打敗王玄謨後，在長江北岸的瓜步山建立行宮，後人將這裏稱為佛狸祠。

⑬ 神鴉：神社裏來吃祭品的烏鴉。社鼓：祭神時的鼓聲。

⑭ 廉頗（粵po¹〔棵〕普pō）老矣，尚能飯否：戰國時趙國名將廉頗，久不被重用，當趙王準備重新起用他時，派使者查問狀況，他在使者面前食一斗米，披甲上馬，表示自己還能為用。可惜使者被廉頗的仇敵郭開所賄，向趙王報告說：「廉頗將軍雖老，尚善飯，然與臣坐，頃之三遺矢（假通字，即「屎」）矣。」（見《史記‧廉頗藺相如列傳》）趙王見廉頗已老，於是不再重用他。

【解讀】

宋寧宗開禧元年，六十五歲的辛棄疾一度被朝廷起用，任鎮江知府，積極準備抗金，豈料不久又被貶職，並調離抗金前線。這闋詞就是這時創作的。

古人登高，常有感慨之語，詞以「懷古」為題，作者面對眼前的江山，想起了曾在這裏建立豐功偉績的前人，而現在像吳國的孫權、宋武帝劉裕等這樣的英雄已經無處尋覓了，當年的遺跡也經歷風吹雨打，所剩無幾。作者不禁對此感慨，其中既有對前人功勳的

歌頌，也表達了自己希望像他們一樣抗敵救國、收復中原的心情。作為對照，下闋雖然也寫歷史人物，但都是失敗者。作者想用宋文帝劉義隆和王玄謨的事例提醒統治者，北伐一定要做好充分準備。回顧自己當年，也曾有過激烈的抗金戰鬥，後來南歸卻再無用武之地，北方被金人佔領已久，如果不思收復，民眾可能就會安於異族統治而忘記自己是宋人了。作此詞時作者已是老人，對現狀深感憂慮，所以借廉頗的典故，表明自己壯心不已，仍願為國效力，可惜至今依然被投閒置散。

全詞大量運用典故，使作者的觀點和感情從不同角度得以充分表達，是典型的辛詞特點。

【文化知識】

蘇辛詞

蘇軾、辛棄疾常被視為宋詞豪放派的典型代表，他們的作品氣勢雄渾，感情充沛，風格豪邁。但歷來不少人認為「詞為豔科」，就其形式的表現特點而言，應以婉約派為正宗。李清照就曾批評蘇軾詞是「句讀（粵 dau⁶〔逗〕普 dòu）不葺（粵 cap¹〔輯〕普 qì）之詩」，意思是蘇軾的創作本質上仍是詩，只是用了詞的形式而已。宋代陳師道說韓愈「以文為詩」，蘇軾「以詩為詞」，就是指用寫散文的手法來寫詩，用寫詩的手法來寫詞。這種創作方式，模糊了不同文學體裁在創作手法和表現特點方面的區別，雖然別開生面（如韓愈詩扭轉了當時輕浮頹靡的詩風，蘇軾開宋詞豪放一派），但難免改變某種文學體裁原有的特色，同時又要大大提高對作者學識、才情、眼界等要求，如果運用不當，反而容易弄巧成拙，貶低作品的價值。

【練習】

❶ 作者如何點明本詞的懷古之意？

❷ 作者在下闋「贏得倉皇北顧」一句中運用了甚麼手法？他這樣寫
有何作用？

❸ 作者在詞末為何提到廉頗的故事？

青玉案·元夕

〔南宋〕辛棄疾

【引言】

「眾裏尋他千百度。驀然回首，那人卻在，燈火闌珊處。」

元宵之夜，臨安城一片華燈璀璨、熱鬧繁華，辛棄疾卻無心欣賞，只盼在茫茫人海之中覓得那唯一的心上人，這才不枉如斯良夜。詞人之所愛是脫俗出塵的，正當滿城賞花賞燈之際，她卻遠離繁囂、獨愛寧靜。他們到底是有緣的，詞人猛一回頭，竟瞥見她就在燈火闌珊處。寥寥數語，把這雋永而浪漫的一瞬抓住了 —— 這一驀然的回首，揮去多少尋尋覓覓的迷惘與失落；一旦遇上，是何等欣喜若狂呢？

不過，大家別忘了，辛棄疾可是個能寫出「千古江山，英雄無覓，孫仲謀處」的硬漢，時刻心心念念於國家安危，總渴望有天可以北伐成功，收復中原故土。詞中的「那人」會否另有所指，而不旨在刻劃和抒發兒女之情？龍榆生《唐宋名家詞選》引梁啟超之女梁令嫻《藝蘅館詞選》之言：「自憐幽獨，傷心人別有懷抱。」不少論者認為這是一首自憐之詞，「那人」所抱的是「眾人皆醉我獨醒」之思，這亦不無道理。朝中主戰主和的爭議不斷，辛棄疾分別上了

《美芹十論》、《九議》予宋孝宗及虞允文，分析當時南宋的形勢、提出對付金人的策略。可是，辛棄疾的意見卻得不到重視。在詞人沉思徘徊之際，豈不就像「那人」一樣，旁觀臨安城的歌舞昇平，在燈火闌珊處獨自思考國家的出路？

青玉案·元夕①

〔南宋〕辛棄疾

東風夜放花千樹②，更吹落、星如雨③。寶馬雕車香滿路④。鳳簫聲動⑤，玉壺光轉⑥，一夜魚龍舞⑦。

蛾兒雪柳黃金縷⑧，笑語盈盈暗香去⑨。眾裏尋他千百度⑩。驀然回首⑪，那人卻在，燈火闌珊處⑫。

【注釋】

① 《青玉案》：詞牌名，源於東漢張衡的《四愁詩》：「美人贈我錦繡緞，何以報之青玉案。」顏師古《急就篇》曰：「無足曰盤，有足曰案，所以陳舉食也。」或説「案」即「碗」，故讀若「青玉碗」，非也。

元夕：即農曆正月十五，這一天是元宵節、上元節，此夜又稱元夕

　　或者元夜。

② 放：開放。花千樹：比喻到處都是花燈，猶如千樹開花。

③ 星如雨：指繽紛的煙花從天而降，就像星星落下來一樣。

④ 寶馬雕車：指富貴人家裝飾華麗的馬車。

⑤ 鳳簫：簫的美稱。

⑥ 玉壺：花燈的一種，也可比喻為明月。

⑦ 魚龍舞：古代的一種雜戲，亦指魚形、龍形的彩燈。

⑧ 蛾兒：古代婦女佩戴的一種飾品，雪柳、黃金縷（粵 leoi⁵〔裏〕普 lǔ）
　 亦同，這裏代指盛裝的婦女。

⑨ 盈盈：形容女性儀態美好。暗香：幽幽的香氣，此處指女性身上散
　 發的香氣。

⑩ 他：這裏通「她」。千百度：千百次。

⑪ 驀然：突然，猛然。

⑫ 闌珊：零落，稀疏。

【解讀】

　　這闋詞描寫在元宵節的晚上，南宋都城臨安的熱鬧景象，上闋
寫景，下闋寫人。

　　上闋開篇就用奇幻的想像、誇張的比喻，描繪了臨安城的元夕
盛況。只見那一朵朵美麗的花燈在空中綻放，如同一夜春風，吹開
了千萬朵碩大的花朵，用千樹的繁花比喻花燈，十分有氣勢。接下
來，又使用了十分巧妙的比喻，將繽紛璀璨的煙花，看成被春風吹
落的滿天繁星。多麼好的一陣東風啊，吹開了千萬朵盛開的繁花，
又吹落了滿城的星星點點。在這樣彷如白晝的夜晚，只見裝飾豪華
的馬車在街道上奔馳，帶來了一陣陣瀰漫的香氣。讀者的視線也隨
着馬車來到了繁華的大街上，看到玉壺一般的花燈不住轉動，聽到
動人的簫聲悠揚的飄蕩在街頭，魚形和龍形的花燈不住的舞動。「玉

壺」在古代也有明月的意思，月光流轉，推動着時間的悄悄流逝，魚燈和龍燈也在這樣美好的時光中舞動了一個晚上。

下闋則描寫元夕外出遊玩的女子。根據宋代史料記載，元夕佳節，女子們都會佩戴珠翠、鬧蛾、玉梅、雪柳等首飾。這些節日的盛裝，帶有濃厚的節日氛圍。美麗的女子成羣結隊，在花燈之間穿梭，一陣陣歡聲笑語，一陣陣迷人的香氣，鶯歌燕舞，熱鬧之極，讓人心神迷醉。然而詞人卻不滿足於這些描繪，緊接以「眾裏尋他千百度」作為轉折，承上啟下，原來詞人在人羣中穿梭，在華燈中徘徊，只是為了尋找一個「她」。這個「她」，究竟是早就約好見面的紅顏知己，還是在人羣中多看了一眼而不能忘懷的意中人？詞人沒有交代，但尋找的渴望確實異常的執着，千迴百轉，尋而未得，卻一直不死心。接下來的三句：「驀然回首，那人卻在，燈火闌珊處。」猶如峯迴路轉，柳暗花明。對於詞人來說，應該是眼前一亮，心頭說不出的喜悅和欣慰。對於讀者來講，卻突然進入了另外一個世界，之前是詞人極力渲染的、熙熙攘攘、熱鬧非凡的燈市，一轉眼卻彷彿進入了與世隔絕的寂靜幽谷，一位佳人站在燈火闌珊處，猶如萬紫千紅之中一朵清香宜人的幽蘭，如此寧靜、美麗。詞到了這裏就戛然而止，彷彿一切都沒有說明，又彷彿一切都已在不言中，留下無窮的餘韻。

這位處於燈火闌珊處的佳人，有人說是詞人的紅顏知己，有人說是詞人的自況，抒發懷才不遇的怨憤。種種含義，都可以留給後人紛紛猜度，而驀然回首的一剎那之間，留給我們那一絲心靈的顫動，就是這闋詞最讓人心動、最有價值的地方了。

【文化知識】

元宵節

　　農曆正月十五稱為元宵節，又稱上元節、元夕，是中國的傳統節日，據說始於秦漢時期，已經有兩千多年的歷史。在這一天，民間有吃元宵（即湯圓）、賞花燈、猜燈謎的習俗。

【練習】

（參考答案見第 218 頁）

❶ 作者描寫的元宵夜可見甚麼景象？

❷ 作者運用甚麼手法描寫街上的婦女？

❸ 作者所尋覓的對象跟他人有何不同？

揚州慢（並序）

〔南宋〕姜夔

【引言】

　　提起揚州這個地方，相信讀者不會感到陌生，李白《黃鶴樓送孟浩然之廣陵》不就有「煙花三月下揚州」之句嗎？揚州在唐朝本是工商業極之發達的城市，一方面有賴於隋朝所開鑿的大運河，連接了南北水系，其中山陽瀆就把淮水下游的山陽（今江蘇省淮安市）及長江下游的江都（今揚州）接通，而江都以南又有江南河通往餘杭（今杭州）。揚州交通便利，再加上唐代中葉開始，北方的經濟重心不斷南移，南方城市如揚州、益州（今成都）的經濟地位，比長安、洛陽更為重要，因而當時揚州有「富甲天下」之稱，亦有「天下之盛揚為首」之言，可見揚州之繁盛。

　　姜夔的詞作《揚州慢》化用了不少杜牧描寫揚州的文句。且看晚唐詩人杜牧所寫的《寄揚州韓綽判官》：「青山隱隱水迢迢，秋盡江南草未凋。二十四橋明月夜，玉人何處教吹簫。」杜牧於文宗大和七至九年（公元八三三至八三五年）曾任揚州節度使府推官（管獄訟之事），本詩是他離開揚州以後為同僚韓綽而寫的。詩人寫晚秋揚州青山淡水之景，朗月高照二十四橋，在悠悠的簫聲中可以感受詩人對揚州的喜愛。

　　可惜的是，南宋與金對峙之時，淮水以北的地方為金人所佔，

揚州位處淮水以南，屢受金人侵擾，而入侵又必犯揚州，其中以高宗紹興三十一年（公元一一六一年）尤甚：「完顏亮南寇，江淮軍敗，中外震駭。亮尋為其匠下弒於瓜洲。此詞作於淳熙三年，寇平已十有六年，而景物蕭條，依然有廢池喬木之感。」（鄭文焯批《白石道人歌曲》）姜夔在亂事後十六年來到揚州，到處依然一片頹垣敗瓦，令他不勝感慨。

揚州慢（並序）①

〔南宋〕姜夔

　　淳熙丙申至日②，予過維揚③。夜雪初霽④，薺麥彌望⑤。入其城，則四顧蕭條，寒水自碧，暮色漸起，戍角悲吟⑥。予懷愴然⑦，感慨今昔，因自度此曲。千巖老人以為有《黍離》之悲也⑧。

　　淮左名都⑨，竹西佳處⑩，解鞍少駐初程⑪。過春風十里⑫，盡薺麥青青。自胡馬窺江去後⑬，廢池喬木⑭，猶厭言兵。漸黃昏⑮，清角吹寒⑯，都在空城。

　　杜郎俊賞⑰，算而今、重到須驚。

縱豆蔻詞工⑱，青樓夢好⑲，難賦深情。二十四橋仍在⑳，波心蕩、冷月無聲。念橋邊紅藥㉑，年年知為誰生？

【作者簡介】

姜夔（粵kwai⁴〔葵〕普kuí）（公元一一五四至一二二一年），字堯章，號白石道人，饒州鄱（粵po⁴〔婆〕普pó）陽（今江西省鄱陽縣）人，南宋著名文學家、音樂家。他少年時失去父親，家庭貧困，曾多次參加科舉考試，均名落孫山，一生沒有做過官，只靠賣字和朋友接濟為生。他曾周遊揚州、蘇州等地，交遊廣泛，與辛棄疾、范成大、楊萬里都有過交流。姜夔多才多藝，詞作題材廣泛，格律嚴密，空靈含蓄，在藝術上別具一格。他還擅長音樂創作，能夠為自己的詞譜曲。有《白石道人詩集》、《白石道人歌曲》等書傳世。

【注釋】

① 《揚州慢》：這是作者的「自度曲」，即通曉音律的詞人自行創作、填詞的曲調。

② 淳熙丙申：即宋孝宗淳熙三年（公元一一七六年），歲在丙申。至日：冬至。

③ 維揚：揚州。

④ 霽（粵zai³〔制〕普jì）：指雨雪過後轉晴。

⑤ 薺（粵cai⁵〔似米切〕普jì）麥：薺菜與麥子。彌望：滿眼。

⑥ 戍（粵syu³〔恕〕普shù）角：軍營的號角。

⑦ 愴（粵 cong³〔創〕普 chuàng）然：悲傷的樣子。

⑧ 千巖老人：指南宋詩人蕭德藻，自號千巖老人，姜夔曾跟他學詩。《黍（粵 syu²〔鼠〕普 shǔ）離》之悲：指國家淪亡的悲痛。《黍離》是《詩經‧王風》中的一篇，記述周朝一位士大夫看到舊都鎬京的宮殿被夷為平地、種滿了莊稼，因不勝感慨而創作了這篇感傷故國的詩歌。故後人以「黍離」表示故國之思。

⑨ 淮左名都：指揚州。宋代在淮河下游地區設置「淮南東路」，稱為「淮左」。揚州是淮南東路的治所。

⑩ 竹西：亭名，在揚州北門外五里處，禪智寺左側。唐杜牧在《題揚州禪智寺》詩中寫道：「誰知竹西路，歌吹是揚州。」後人於是以竹西命名此亭。

⑪ 少（粵 siu²〔小〕普 shǎo）駐：稍作停留。初程：旅程初段。

⑫ 春風十里：這裏借指揚州昔日的繁華。杜牧《贈別》詩：「春風十里揚州路，卷上珠簾總不如。」

⑬ 胡馬窺江：指南宋初期金兵兩次侵略江淮地區，洗劫揚州城。胡馬：外族兵馬，這裏代指金兵。

⑭ 廢池：戰爭中被破壞、迄今還未被修復的城池。喬木：殘存的古樹。

⑮ 漸：向，到。

⑯ 清角：淒清的號角聲。

⑰ 杜郎：唐代詩人杜牧，曾在揚州遊玩多年，寫了很多關於揚州的詩歌。俊賞：卓越的讚賞，指杜牧極之喜歡揚州。

⑱ 縱豆蔻詞工：即使杜牧的詩寫得再好。豆蔻：古時把十三四歲的少女稱為「豆蔻年華」。杜牧《贈別》詩：「娉娉裊裊十三餘，豆蔻梢頭二月初。」

⑲ 青樓：妓院。杜牧《遣懷》詩：「落魄江湖載酒行，楚腰纖細掌中輕。十年一覺揚州夢，贏得青樓薄倖名。」

⑳ 二十四橋：指唐代揚州的二十四橋，即吳家磚橋，也叫紅藥橋，在揚州西郊。

㉑ 紅藥：芍藥花，花為紅色，是揚州古時的名花。

【解讀】

　　自隋唐以來，揚州就是一個繁華的大都市，有無數文人寫下了讚美揚州的詩篇。然而這個繁華的都會，卻在金兵屢次入侵之後，變得殘敗破舊，一片蕭條。宋孝宗淳熙三年冬至這一天，姜夔路經此地，親眼目睹揚州城的慘況，不勝感慨，於是填下了這闋詞。這闋詞將昔日揚州城的繁榮興盛景象，與如今的凋殘破敗作對比，表達出作者對揚州昔日繁華的懷念和對今日山河破碎的悲哀。這闋詞語言典雅，聲調低婉，寄寓深長，是一首千古傳誦的名作。

　　上闋寫作者到達揚州後的所見所感。作者懷着憧憬與嚮往來到揚州，在著名的竹西亭解鞍下馬，稍作歇息。放眼望去，到處都是生長茂盛的野生薺菜和麥子。金兵的燒殺搶掠，讓這座名城失去了往日的風采，只剩下破敗的城池和殘缺的古樹。而當地百姓一想起那場戰爭，還是覺得非常痛苦，不想再提及。黃昏的時候，軍營裏傳來淒清的號角聲，回蕩在這空蕩蕩的城裏。

　　下闋連用多個典故，以深化主題。昔日揚州的繁華，引得才子杜牧在此流連，不忍離去，寫下了許多讚頌揚州的詩篇。但即使他再有才華，如果看到如今的揚州城，恐怕也只會感到吃驚和痛心，再難寫出像往日的那般深情。唐代的二十四橋如今還在，湖面波光蕩漾，清冷的月光靜靜地照在大地上。而橋邊的芍藥花，究竟年年為誰開放呢？詞以問句結尾，意猶未盡，卻更顯淒涼。

　　這闋詞用雅潔洗練的語言，空濛淒冷的意境，寫出了金人對揚州所造成的破壞，譴責南宋政府偏安一隅、不思進取的行徑。姜夔運用情景交融的表現手法，將感情投射在景物上，達到「一切景語皆情語」的效果。蕎麥青青、城池傾頹、喬木殘敗、月色冷寂、芍藥寂寞……這些景物描寫更凸顯揚州如今的破敗，抒發作者悲痛、哀傷的情感。另外，今昔對比的藝術手法也是這闋詞的一個特點。

作者以揚州昔日的繁華景象與今天的破敗荒涼做對比，愈加顯得傷感；作者還化用了杜牧的詩句入詞，不僅點出了杜牧的風流俊賞，也把杜牧的詩境，融入自己的詞境，增添了韻味。

【文化知識】

揚州

位於長江下游地區，古稱廣陵、江都、維揚等，建城史長達兩千多年。隋煬帝下令修建大運河時，曾經三下揚州。揚州位於京杭大運河的重要位置，隋唐時期，早已成為南北交通的樞紐，憑藉漕運的便利，成為當時最繁華的商業城市，有「揚（揚州）一益（成都）二」之說。揚州的繁華吸引了無數文人前來，「月亮城」的美譽，就是緣於不少詩人寫下了歌詠揚州月的詩篇。著名詩人杜牧，更在揚州旅居多年，以詩歌道盡揚州之美。可惜到了南宋時期，金兵屢次入侵，使揚州的社會經濟遭到嚴重破壞，自此繁華不再。

【練習】
（參考答案見第 218 頁）

❶ 據本詞序文，作者到達揚州後有何感想？

❷ 作者在詞中如何刻劃揚州變成了一座「空城」？

❸ 作者在詞末提及「二十四橋」和「橋邊紅藥」，有何用意？

長亭送別（節選）

〔元〕王實甫

【引言】

　　古往今來，純潔而美麗的愛情自是令人神往而追慕的，元代雜劇作家王實甫在《西廂記》也表達了這樣的願望。且看本雜劇的最後一首曲子《清江引》：「謝當今盛明唐聖主，敕賜為夫婦。永老無別離，萬古常圓聚。願天下有情的都成了眷屬。」崔鶯鶯與張生經歷了重重波折，終於結成夫婦，大團圓結局，這是否也反映了作者對愛情的期盼？

　　在傳統中國社會，婚姻具有「合二姓之好」的倫理作用，據《禮記》所載：「上以事宗廟，而下以繼後世也……昏（婚）禮者，禮之本也。」傳統婚姻所重視的是透過夫婦結合繁衍下一代，令宗族繁榮昌盛，後繼有人。在這樣的文化背景下，婚姻對象往往不能自行選擇，而要經「父母之命，媒妁之言」，父母為子女考慮婚姻對象時，亦多從對方的門第背景出發，務求互相匹配，因而婚姻與愛情並不是同一回事，有情人未必可以成為眷屬。就如本故事的女主角崔鶯鶯，其父崔相國在臨終前本將她許配予鄭尚書之子鄭恆，這當然是出於「門當戶對」的考慮。

從《西廂記》可見，王實甫反對這樣的傳統禮教束縛，他讓劇中主角透過自身的努力，爭取與情人張珙（粵 gung² 〔拱〕 普 gǒng）結成夫婦。而劇中的男女主角對愛情的忠貞不渝，亦表現出作者對愛情的歌頌。然而，這跟《西廂記》的原型——唐代元稹《鶯鶯傳》中張生始亂終棄的結局已經完全不同了。

長亭送別①（節選）

〔元〕王實甫

〔正宮〕〔端正好〕②碧雲天，黃花地③，西風緊，北雁南飛。曉來誰染霜林醉④？總是離人淚⑤。

【作者簡介】

王實甫（約公元一二六零至一三三六年），名德信，元代大都（今北京）人，著名雜劇作家。關於他的生平資料很少。他擅長創作描寫兒女風情的雜劇，著有雜劇十四種，現存有《西廂記》、《麗春堂》和《破窰記》三種，以及《山坡羊·春睡》等散曲。王實甫的雜劇多描寫男女愛情，長於抒情，曲辭清麗雅潔。其中《西廂記》是他的代表作，是元代四大愛情劇之一，亦被稱為「壓卷之作」。

① 《長亭送別》：本節選自《西廂記・草橋店夢鶯鶯》（第四本）第三折，
記述崔鶯鶯和張生在長亭離別時的痛苦。鶯鶯的母親老夫人反對鶯
鶯和張生的婚事，逼迫張生進京赴考，鶯鶯非常依依不捨地送別張
生，並演唱了這首曲子。

② 正宮：宮調名。元雜劇一般是一本（劇本）四折，每一折用一個套
曲，每一個套曲由同一宮調的幾支曲子組成。端正好：本折中的曲
牌之一。

③ 碧雲天，黃花地：化用北宋范仲淹詞作《蘇幕遮》中「碧雲天，黃
葉地」的詞句，描寫了藍天白雲下黃花遍地的景象。

④ 曉來：天剛亮時。霜林醉：指林木染成紅色一片，像醉了的面頰一
樣。

⑤ 離人：離別的人。

【解讀】

　　鶯鶯一心一意的愛着張生，本不在意張生取得功名與否。然而
在老夫人的逼迫下，只好無奈地送張生進京赴考，內心卻是無比淒
苦。這首曲子由鶯鶯演唱，描寫了一系列富於感情色彩的景物，抒
發了與張生離別時的悲傷之情，表現了王實甫作品抒情性強的特點。

　　「碧雲天，黃花地」化用了范仲淹的詞句，所描寫的景物，點
明了當時是菊花盛開的秋季。碧色即藍色、青色，與黃色形成鮮明
的對比，十分豔麗。「西風」指秋風。中國文學中一直有着悲秋的傳
統，認為秋季代表悲哀、頹敗。在這裏，吹得正緊的「西風」渲染
了哀傷的感情。北雁南飛是秋天的典型景象，也使人產生離別的傷
感。最後兩句則直接抒發感情：是甚麼將這漫山遍野的林木染成一
片紅色？那正是離別之人眼中的眼淚。怎樣的眼淚能將林木染紅，

那必是帶血的淚。作者以帶血之淚，極言離別之痛。這誇張的描寫，凸顯了鶯鶯內心的無奈與悲苦。

這句話是《西廂記》裏的名句，借秋日的蕭瑟景象寫離別時的悲哀苦楚，相傳王實甫寫完此句後「思慮殫盡，撲地而死（昏厥）」，歷來為人們所傳誦。以景抒情是此曲的最大特色，天空、雲彩、黃花、西風、大雁、霜林這些景物，不僅描繪出美麗的秋天景象，更被作者賦予了極強的感情色彩，表達鶯鶯與張生訣別時的悲傷感情。另外，此曲的語言清麗典雅，表達含蓄蘊藉，具有很強的藝術感染力。

【文化知識】

元雜劇與《西廂記》

元雜劇是指盛極於元代、融合各種表演藝術形式而成的一種戲劇。在結構上，一般由一個楔子和四折戲組成。音樂方面，元雜劇以北方音樂為基礎，譜曲演唱。內容多為揭露社會的黑暗、反映百姓生活的困苦，主要代表作家有關漢卿、馬致遠、王實甫等。他們代表作有《竇娥冤》、《漢宮秋》、《西廂記》等。

《西廂記》全名為《崔鶯鶯待月西廂記》，合共由五本（五個劇本）組成，講述崔鶯鶯與張珙的愛情故事，表達反對封建婚姻、要求愛情自由的願望。張生上京赴考途中偶遇崔鶯鶯，兩人墮入了愛河。然而老夫人為了維護門第利益，逼鶯鶯嫁給鄭尚書之子，鶯鶯堅決不從。在後來的一連串事件中，崔鶯鶯與張生的愛情愈加堅貞，老夫人見無法拆散他們，就逼張生進京赴考，允諾張生得到功名之後就把鶯鶯嫁給他。《長亭送別》描寫了鶯鶯送張生時的動人場景。後來張生考中狀元，幾經波折後終於娶得崔鶯鶯，有情人終成眷屬。

【練習】

（參考答案見第 219 頁）

❶ 本曲所寫的是甚麼季節？何以見得？

❷ 本曲如何借環境的描寫以渲染氣氛？

《西廂記》插圖

参 考 答 案

氓

❶ 本詩運用借代手法刻劃女主人翁對情人的思念，以氓居住的地方「復關」代表其本人。詩作寫女主人翁經常等待情人到來，要是情人不來的話，她流淚不止；情人跟她見面，她就不禁眉開眼笑，充分表現出女主人翁對情人的戀慕。

❷ 作者運用了《詩經》常用的「比」、「興」手法，以及呼告手法。作者以桑樹起興，以桑樹茂盛潤澤之貌，比喻女主人翁的容顏亮麗。在「于嗟鳩兮，無食桑葚」一句中以鳩鳥起興，指鳩鳥多吃桑葚會容易昏醉，着牠們不要吃太多。

詩歌又運用呼告手法，如：「于嗟女兮，無與士耽。士之耽兮，猶可說也。女之耽兮，不可說也。」勸告年輕女子愛情雖美，但不要過於沉溺 —— 男子若沉溺愛情猶可解脫，但女子在愛情中卻是難以抽身，與上文有關鳩鳥吃桑葚的內容互相連繫。

❸ 女主人翁指自己自從嫁予氓數年以後，過着貧窮的生活，但她無怨無悔，不以家務為勞苦，天天早起晚睡，克盡己任。

她認為自己並無過錯，但對方對自己的態度卻前後不一，行為反覆無常，甚至對自己施以暴力，因而對氓深表怨恨，加以指責。

離騷（節選）

❶ 詩人在詩歌開首指自己是遠古時代顓頊的後裔，生於寅年寅月寅日，其名字也具有美好的意思，以突出自己的出身是與眾不同的；另外，詩人形容自己喜歡以江離、白芷、秋蘭這些香草為佩飾，這些香草象徵高潔脫俗的品格特質，突顯了自己與眾不同的形象。

❷ 詩人以「汩余若將不及兮，恐年歲之不吾與。朝搴阰之木蘭兮，夕攬洲之宿莽」表示時光易逝，於是朝摘木蘭，夕採宿莽，比喻把握時間好好裝備自己，提升自己的品德修養，準備為國效力；

以「日月忽其不淹兮，春與秋其代序。惟草木之零落兮，恐美人之遲暮」表示春秋更替，時光飛逝，君王易老，如不把握時間，就不能及時整飭法度、揚棄穢政，可見詩人為國效力之熱誠。

❸ 每兩句的中間以「兮」字連接上下句，增強音律上的美感；

多用對偶句，使詩句整齊美觀，如「朝搴阰之木蘭兮，夕攬洲之宿莽」、「惟草木之零落兮，恐美人之遲暮」；

運用具楚地特色的字眼或事物入詩，如「搴」、「汨」等，使詩歌更具地方色彩。

迢迢牽牛星

❶ 疊詞可以摹聲、狀貌、繪景、傳情，甚至渲染氣氛、調整音節。疊詞令詩歌朗讀起來節奏舒緩，在音律上營造美感，另外，疊詞亦可強調所形容事物的特性，加強表達效果，以下是詩中不同的疊詞例子：

繪景：「迢迢」和「盈盈」。前者形容牽牛星遠在天邊，後者形容天河清澈水淺的模樣，達寫景之效。

狀貌：「皎皎」和「纖纖」。前者形容織女星皎潔的模樣，既寫景，亦狀貌；後者形容織女雙手纖細修長的樣子。

摹聲：「札札」。擬聲詞，模擬機杼織布之聲，繪聲繪形。

傳情：「脈脈」。作者把一顆星化作等待情人的織女，形容她含情脈脈地等待情人，向遠方深情凝視，富有抒情效果。

❷ 織女跟情人相隔千里，不得相會，卻又苦無對策，深感無奈。面對分離之苦，她心亂如麻，根本沒有心思織布，因而「終日」都未能織好布匹上的紋理。

「泣涕零如雨」則具體地寫出她未能跟情人相見的哀傷，唯有以淚洗面，而「零如雨」，更說明了織女並非發洩式大哭，而是淒酸地流淚，烘托出淒苦的氣氛。

❸ 作者以「纖纖擢素手，札札弄機杼」形容織女以纖纖玉手織布，機杼穿梭往還，發出札札之聲，帶出織女溫柔嫻雅、心思靈巧的形象，亦令讀者聯想織女以巧手著稱的傳說。

另外，作者亦以「終日不成章，泣涕零如雨」兩句，從行為和心理兩方面，突出她承受思念之苦的形象。

❹ 作者最後以寫景作結，刻劃織女面對清且淺的銀河，情深款款地向情人所在望去，但卻只能默默地以眼神表達內心所感，千言萬語盡在其中，畫面富有深情和詩意，渲染出淒美的氣氛，令讀者動容。

短歌行（其一）

❶ 「青青子衿，悠悠我心」出自《詩經‧鄭風‧子衿》。原詩為：「青青子衿，悠悠我心。縱我不往，子寧不嗣音？」本寫一女子思念情人，指自己未能出來見對方，於是問對方為何不給自己帶來音訊呢？曹操化用這詩句以表達對賢才的渴慕，他略去原詩的最後兩句，暗示自己即使沒有逐一去找那些賢才，怎麼他們就不主動投奔自己呢？

「呦呦鹿鳴，食野之苹。我有嘉賓，鼓瑟吹笙。」則出自《詩經‧小雅‧鹿鳴》。這四句寫的是賓主歡宴的場面，曹操的意思是指如果賢才願意為自己效力，必以「嘉賓」之禮待之，給對方予以尊重，從而吸引賢才投靠。

❷ 詩歌第三部分起了承上啟下的作用：

「明明如月，何時可掇？憂從中來，不可斷絕。」表達曹操渴求賢才之思，就如欲採天上的明月一樣，會因採之不得而發愁，回應詩歌開首四句的「愁」。

「越陌度阡，枉用相存。契闊談讌，心念舊恩。」自述感激賢才遠道而來，彼此談心宴飲，緬懷舊日情誼，回應了第二部分有關賓主歡宴的描述。

另外，第三部分亦具開啟下文的作用。作者在本部分表示求賢之心不會斷絕，從而帶出下文請賢才以自己作為投靠之所，內容上下連貫。

❸ 作者運用了比喻手法，描寫那些猶豫不定的賢才就如「繞樹三匝」、無枝可依的烏鵲一樣。

曹操着他們不要再三心兩意，應盡早投靠自己，以吸引他們前來。

❹ 基本相同，因為兩者都是為了地區的發展，吸納各方面的人才。不同的地方是，今天的平等政策，是遍及不同膚色、種族、性別和年齡的，而當時曹操心中的「唯才是用」卻缺乏了「男女平等」的概念，那當然是受當時思維所限制，不可完全相提並論。（言之成理即可）

歸園田居（其一）

❶ 闊景：「方宅十餘畝，草屋八九間」，讓讀者對田園生活有一個總體的印象。

遠景：「曖曖遠人村，依依墟里煙」，讓讀者對農村產生如世外桃源般的感覺。

近景：「榆柳蔭後簷，桃李羅堂前」，如數家珍地突出自己對田園生活的喜愛。

嗅覺：「依依墟里煙」，令炊煙變得立體，如在讀者眼前。

聽覺：「狗吠深巷中，雞鳴桑樹顛」，給寧靜的農村增添了活力和趣味。

❷ 詩人藉細緻的描繪讓其所見的田園風光呈現讀者眼前，讓讀者體會鄉間的質樸與自然。另外，讀者亦能從詩人的取材及描寫手法，如對榆樹、柳樹、村落、炊煙等物的描寫，感受詩人對鄉間生活由衷的喜愛。這種寧靜閒適的田園生活，亦與詩人以「塵網」、「樊籠」作比喻的官場形成強烈對比，突出詩人對鄉間生活的喜愛。

❸ 一、詩人辭官返回故里，有回家的意思，因而用「歸」。

二、詩人在篇首指自己「少無適俗韻，性本愛丘山」，「歸」因而有回歸本性的意思，詩人不必再在官場委曲求全。再者，與「歸」一語互相呼應的，還有詩末的「復」、「返」，均表達了詩人本屬大自然、重投自然懷抱的欣悅。

❹ 本篇可分為三部分，第一部分為「少無適俗韻」至「守拙歸園田」，表達了詩人對官場生活的厭倦，並指出自己如「羈鳥」、「池魚」一樣，希望重返故鄉，是重投歸隱生活的引子。「方宅十餘畝」至「虛室有餘閒」為本詩的第二部分，詳寫詩人的田園生活面貌，並運用借景抒情手法表達對歸隱生活的喜愛。第三部分為最後兩句，總括詩人辭官歸故里後心裏的寧靜與釋然，回應篇首「性本愛丘山」句意。

山居秋暝

❶ 靜：「明月松間照，清泉石上流」所刻劃的，是一片極為寧靜的山間景象，上述兩者均為大自然中幽微的事物，必須在寧靜的環境才能覺察。「清泉石上流」表面雖寫清泉流動，實則以動襯靜。

動：「竹喧歸浣女，蓮動下漁舟」寫出了山間的動感，作者聽見竹林傳來陣陣喧鬧之聲，原來是浣女歸家，以「喧」突出她們在歸途上的歡快。另一句寫漁舟前行，蓮葉被船隻碰撞而擺動，船動、蓮動又成為了山間動態的畫面。

❷ 詩人在本詩先總寫雨後山間一片秋意，繼而描繪出松間、清泉流動的景象，再寫山間的人物活動，有浣女和漁舟的動態描寫，最後表明一心留在山間生活的志趣。詩作內容有動有靜，既有自然山水，亦有人物活動，構圖豐富，宛如一幅秋暝山居圖。

❸ 詩人以自然景物入手，先寫「竹喧」、「蓮動」，讓讀者聯想為何恬靜的山間會忽爾熱鬧起來。繼而才帶出句中的主角，分別指出

「竹喧」是源於一羣浣女的歡笑，「蓮動」則因漁舟駛過，令文句
鋪排更有變化。

❹ 領聯「明月松間照，清泉石上流」句中的動詞「照」、「流」安排
在句尾，突出明月、清泉山間之態。

頸聯「竹喧歸浣女，蓮動下漁舟」則用了倒裝句式，將動詞
「歸」、「下」安排在詩句中間，將本可以寫成「竹喧浣女歸，蓮
動漁舟下」的句子改寫，避免與領聯的句式相同，讀起來節奏長
短更具變化。

蜀道難

❶ 詩人先從蜀道的來歷說起：秦、蜀兩地自古以來互不相通，全因
當地地勢險要，只有容鳥飛過的「鳥道」。及至五丁開道，致使
地崩山摧後，始有天梯和石棧貫通兩地，可見蜀道開闢之難；

詩人再寫蜀道之艱險，先寫蜀道一帶的山極高，仰觀可見六龍回
日的最高峯，俯視則見深谷中的急流激湍。蜀道的地勢險要，連
善飛善爬的動物也為之發愁。而且山路曲曲折折，要越過並不容
易。詩人由此想到，這裏山高及天，竟可用手撫摸天上的星宿。
以上就是詩人從地勢方面突出「蜀道之難」；

作者又渲染蜀道上恐怖的氣氛，如有鳥在枯木上悲鳴，又有子規
鳥在夜間悲啼，這樣的叫聲令人毛骨悚然，突顯蜀道每每令人卻
步，正是蜀道在環境上的「難」；

作者最後寫蜀道上人事方面之「難」，如果駐守劍閣之人並非親
信，就容易有叛亂發生，會像豺狼吃人一樣可怕。

凡此種種，均為詩人對蜀道之難的刻劃，予人難以踰越之感。

❷ 「蜀道之難，難於上青天」分別出現在篇首、篇末，還有詩的中
段，一共三次。這種修辭手法稱為「反復」，有強調「蜀道之難」
的意味，亦可令詩作內容前後互相呼應，結構更為嚴謹。

❸ 作者極寫蜀道地勢之高，如以「捫參歷井仰脅息，以手撫膺坐長歎」寫出在蜀道之上竟可伸手觸及天上的星宿，可謂非常誇張。另外，作者又以「連峯去天不盈尺」突出蜀山之高，指山峯離天不足一尺，突出山巒之高聳入雲，從中都可見作者豐富的想像力。

❹ 本詩寫於「安史之亂」前，可以推測李白看得到唐玄宗所設立的節度使，譬如安祿山和史思明，他們的勢力越來越大，擁有多個軍鎮，因此李白說「所守或匪親，化為狼與豺」，指的就是他們，「一夫當關，萬夫莫開」，如果他們一旦生事作亂，那麼即使朝廷派兵，也不能深入虎穴，那就為時已晚了。（言之成理即可）

月下獨酌（其一）

❶ 詩人在詩歌開首強調了孤獨之感。他當時正在花前月下，眼前卻只有酒，面對這樣的美景，卻沒有可以相伴的人一同分享，「無相親」點明了當夜飲酒的孤獨與苦悶。

❷ 本詩開首寫詩人「獨酌無相親」，點出了孤獨而低落的情緒；
繼而卻寫自己舉杯邀請明月和影子，一下子來了另外二「人」作伴，似乎打破了詩題及首句的「獨」，場面顯得熱鬧而快樂；
及後，詩人發現月和影始終未能與自己相交，「月既不解飲，影徒隨我身」點出作者的無奈，情緒由樂而轉悲；
可是，詩人是曠達的，因此決定在此夜暫且以月和影為伴，情緒從負面再次轉為正面，帶出及時行樂的想法。
從上述幾句可見，本詩情感一闔一闔，富有起伏變化，卻又可見當中的反覆矛盾。

❸ 當時詩人應在半醉半醒的狀態：當他因酒醉而搖頭擺腦，看天上的明月也像徘徘徊徊似的；當他因酒醉而步履不定的時候，自己的舞步零亂，影子也因而散亂了。

④ 他明白月與影在當晚只能與自己暫時相伴，待自己酒醒之時，彼此又各散東西。為了令「我」、月、影得以重聚，詩人大膽地想像物我可以兩忘，彼此可結成忘情之交，相約於遙遠的雲漢，這樣「大家」就有共聚的一天，永不分離。這亦令詩作的收結意境高遠，予人餘音裊裊之感。

夢遊天姥吟留別

❶ 詩人看到欲雨的黑雲，一片霧氣瀰漫。忽爾又有雷電交加，山崩地裂，神仙所住的洞府竟開開門了。其中的青天「浩蕩不見底」，日月照耀了仙人所住的居所。
他還寫了夢中所見之奇遇：雲神以霓為衣裳、風為馬，紛至沓來。他還見虎鼓瑟、鳳凰駕車，仙人一一列陣。

❷ 「忽魂悸以魄動，怳驚起而長嗟。惟覺時之枕席，失向來之煙霞。」
這句寫作者看到仙人列陣的場面，不覺為之魂悸魄動，忽然驚醒而長歎，發覺原來自己之所見乃是一場夢。

❸ 作者以「且放白鹿青崖間，須行即騎訪名山」表示他對隱居、自由自在生活的嚮往；
「安能摧眉折腰事權貴，使我不得開心顏」更直接表達出他不欲向權貴阿諛奉承的態度。

將進酒

❶ 詩人表達了對時光飛逝的慨歎，如以「黃河之水天上來，奔流到海不復回」抒發對時間一去不返的無奈，又以「君不見高堂明鏡悲白髮，朝如青絲暮成雪」寫出對時光飛逝的感慨；

時光匆匆而過，可是作者卻有志難伸，不為朝廷重用，故有「古來聖賢皆寂寞，惟有飲者留其名」的感歎，可見他對功業無成的感觸；不過，他又認為「天生我材必有用，千金散盡還復來」，認為自己的才情必有用武之地的一天，因此應先及時行樂；面對這樣矛盾的心情，詩人與岑夫子、丹丘生一起暢飲，欲藉此「同銷萬古愁」，可見詩人氣慨豪邁而自信樂觀。

❷ 「黃河之水天上來，奔流到海不復回」描寫了黃河之水從天上奔流而來，極言黃河水的氣勢，同時寫出時光流逝之飛快；「君不見高堂明鏡悲白髮，朝如青絲暮成雪」寫頭髮在一日之間由黑變白，極言時光消逝如飛；「烹羊宰牛且為樂，會須一飲三百杯」反映出詩人飲酒的豪情，「一飲三百杯」雖為虛數，並非實指，但亦極言其暢飲之樂。

❸ 詩人先指出人生得意之時應及時行樂、開懷暢飲，「莫使金樽空對月」，意即不應讓酒杯空對月亮；繼而勸朋友一起盡情吃喝，「烹羊宰牛且為樂，會須一飲三百杯」寫出他與朋友暢飲之豪情；作者認為這樣的歡聚暢飲是十分難得的，比榮華富貴的生活更有意義；他指古來聖賢都是寂寞的，「惟有飲者留其名」，因此勸說朋友跟他一起開懷暢飲；詩人接着引述陳王曹植以十千錢買一斗酒的故事，着朋友效法曹植的豪氣，以珍貴的「五花馬」、「千金裘」來換取美酒。

兵車行

❶ 本詩可分為三個部分：第一部分屬紀事，第二、三部分屬紀言，為過路人與征夫的對話。
第一部分為「車轔轔」至「哭聲直上干雲霄」，主要寫行人出征，家人送別的悲愴場面。

第二部分為「道旁過者問行人」至「被驅不異犬與雞」，主要寫行人被朝廷多次徵召，結果死傷無數，導致各地村落蕭條，縱使婦女耕種，仍然民不聊生。本部分主要指出行人與各地百姓之苦。

第三部分為「長者雖有問」至詩末，寫行人連年出戰不得休息，加上朝廷催交租稅，心生怨懟，因而有生男不如生女好的想法，最後以青海頭的鬼哭作結，暗示行人戰死沙場，死不瞑目。

❷ 詩人在詩作開首部分，先以「轔轔」和「蕭蕭」等擬聲詞，突出車聲和馬鳴之盛，點出送別地點喧囂的氣氛，突出當時行人之眾。「塵埃不見咸陽橋」藉送別之地揚起的塵埃，極言出師場面之盛。另外，當時前來送別的親屬眾多，爹娘、妻子、兒女也來到了，詩人藉描繪他們的動態，點出其悲傷和不捨，詩人刻劃他們「牽衣」、「頓足」、「攔道哭」，更運用誇張手法寫哭聲直上雲霄，渲染了現場悲淒的氣氛。

在本詩結尾，詩人以「君不見，青海頭，古來白骨無人收」一語，帶領讀者前往骸骨處處的青海古戰場，氣氛肅殺恐怖。篇末「新鬼煩冤舊鬼哭，天陰雨濕聲啾啾」，再用擬聲詞，模擬鬼哭之聲，更添淒涼，令人驚懼。

❸ 詩人在第二部分點出朝廷「點行頻」，包括「防河」、「營田」、「戍邊」，均為行人的工作，連年出征卻不得休息。而「邊庭流血成海水」則點明出征之危險，更令行人感到絕望。

另外，由於男丁盡上戰場，田地荒廢，縱有健婦耕種，農作物仍不能茁壯生長，以致民不聊生，百姓生活雪上加霜。

❹ 以下為詩文互相呼應的例子：一、「未休關西卒」回應前文「武皇開邊意未已」，表示戰爭永無休止；二、「租稅從何出」回應前文「君不聞漢家山東二百州，千村萬落生荊杞」，突出人民生活在水深火熱之中；三、「信知生男惡，反是生女好。生女猶得嫁比鄰，生男埋沒隨百草」回應詩作開首有關送別行人之辭：要是生的是女兒，就不用送她們上戰場了。

蜀相

❶ 本詩前半寫景，後半敍事及議論。詩人在首聯先交待武侯祠之所在，帶領讀者到城外尋訪祠廟。及後寫武侯祠四周春色雖好，卻無人觀賞，將自己的心跡比附孔明，融情入景。詩作後半敍述孔明事跡，點出他的才略與忠心。最後為他英雄早逝而感悲憤，評論此憾事足令英雄落淚。

❷ 上句極言草色碧綠，可以映階，下句寫隔葉可聽黃鸝清脆婉轉的歌聲。本來這樣的春色具可觀、可聽之妙，但作者卻在句中加以「自」、「空」，指草色和鳥鳴均沒人欣賞，突出祠廟荒涼之餘，亦感歎孔明忠而見疑，更以此自況，表明自己忠於國家的心跡。

❸ 詩人先寫劉備三顧草廬之事，孔明受其誠意打動，遂為劉備出謀獻策，分析天下三分之勢，《隆中對》尤見其天下之才。
「兩朝開濟」寫他為劉備開創基業、為劉禪匡濟艱危，一生心繫蜀漢、盡忠職守，可見其為國之忠。
另外，下句的「老臣心」更見其「鞠躬盡瘁、死而後已」之誠。
凡此種種，足見詩人對諸葛亮的推崇。

❹ 頷聯對諸葛亮加以肯定與推崇，突出了他的英雄形象，可說是全詩的高潮所在。可是，詩人筆鋒一轉，在尾聯寫諸葛亮「出師未捷身先死」，令人不無遺憾惋惜，就連英雄也為之落淚。本詩頷、尾二聯的轉折，突出英雄早逝的悲哀和無奈，達悲涼慷慨之效。

客至

❶ 詩人先以草堂周遭環境作鋪墊，讓讀者想像草堂附近的溪流與鷗鳥。繼而寫草堂的花徑與蓬門，帶出詩人為迎客而做的準備。接着寫詩人對賓客表示，自己沒有豐富的酒菜，請對方見諒。最後

寫賓主興致未盡，更邀鄰翁共飲。

本詩鋪陳內容，不事雕琢，率直質樸，不用細嚼即可得知詩人和客人間的活動和情誼。

❷ 本詩為七言律詩，領聯須為對仗，本聯對仗工整。另外，作者在本聯用了「互文」的手法，「不曾緣客」及「今始為君」在前後句同時適用，豐富句子的含義，讀起來饒有趣味。

❸ 詩人不知崔縣令是否介意邀請鄰翁共飲，因而先詢問對方，以表示對客人的尊重。

❹ 詩人與友人吃飯喝酒過後，意猶未盡，不捨離去，詩人借機邀請鄰翁共飲，場面更為熱鬧，渲染了他們聚會歡快的氣氛。

詩人寫「客至」，除了縣令是客，後來加入的鄰翁也是客，配合詩題。

詩人邀請鄰翁「盡餘杯」，這似乎是另一個「客至」的開始。他們飲酒歡聚的情境如何，詩人故意不作交代，給讀者留下了想像空間。

登樓

❶ 因為當時國家剛經歷了安史之亂，又面對吐蕃的侵擾，加上代宗一朝宦官亂政，地方又有藩鎮割據等亂局，種種內憂外患令詩人心情沉重，即使登樓面對春色，也無心觀賞，只覺傷心。

❷ 詩人以玉壘山上的浮雲變幻莫測，比喻古往今來的時局往往變化多端，難以捉摸。

❸ 這兩聯所寫的景物和時局是息息相關的，領聯「錦江春色來天地」跟頸聯「北極朝廷終不改」相關，前句表現了春臨大地是恆常不變的現象，後句指去年京師雖然面對吐蕃的侵擾，但最終轉危為安。詩人以北極星比喻朝廷，說明國家的根基穩固，如北極星之不可動搖，可見作者對朝廷的擁護。

而「玉壘浮雲變古今」以浮雲比喻為時局，變幻莫測，影響深遠，「西山盜寇莫相侵」則告誡吐蕃不要再侵犯國境，可見詩人同時擔心外敵會影響時局，因此提醒大家不得不防範。

❹ 詩人表示自己在黃昏的時候吟誦《梁甫吟》，這是諸葛亮隱居時喜為吟誦之曲，可見作者欲以諸葛亮自比，希望可如孔明一樣為國效力，只是沒有像孔明輔助國家的機會，亦表達了當時並無英雄濟世的慨歎。

登高

❶ 這兩聯是詩人登台遠望所得，首聯「風急天高猿嘯哀」寫詩人感受到風急天高，可知身在高處。「渚清沙白鳥飛回」寫詩人清楚看見渚清沙白之貌，視野寬廣。
領聯「無邊落木蕭蕭下，不盡長江滾滾來」中的「無邊」、「不盡」極言景觀之壯闊，描繪林中無數木葉搖落，以及長江水奔騰而來。

❷ 首聯所寫的意象較多，包括風、天、猿、渚、沙、鳥；而領聯的意象較少，只寫落葉和長江。
首聯對各種事物作具體的描寫，點出事物的特質帶出景觀之壯闊；領聯只以「蕭蕭」、「滾滾」虛寫落木及長江水之態，卻能帶出氣氛之肅殺。

❸ 疊字的運用可使事物景闊情深，「蕭蕭」為擬聲詞，模擬落葉的聲響，讓讀者想像漫天落葉的景象；「滾滾」為狀貌之詞，形容長江水勢，讓讀者想像無盡的江水向東流逝，氣勢磅礡。

❹ 首聯、領聯重在寫景，首聯以「風急天高」點明秋意肅殺，「猿嘯哀」則從聽覺方面渲染悲涼的氣氛。領聯落木蕭蕭、長江滾滾的畫面令讀者聯想時光已逝卻壯志未酬的無奈和悲哀。詩人融情入景，借寫景之句達抒情之效。

頷聯、尾聯寫登高感觸之情，其中頷聯點明自己因「獨登台」之所見而「悲秋」，聯繫上文秋景，達互相呼應之效。

登岳陽樓

❶ 本詩開首「昔聞洞庭水，今上岳陽樓」，可見詩人對洞庭湖、岳陽樓聞名已久，如今終可登上，即使漂泊他鄉，亦稍有喜悅之情。繼而寫洞庭山水，意境開闊，極言景色之壯麗，可見詩人當時的心情還是開闊的。

及後筆鋒一轉，寫自身從西蜀遠赴東南，卻無親朋音訊，加上在孤舟上面對老病之苦，感情由喜轉悲。最後想到鄉關受吐蕃侵擾，國運堪憂，不禁「憑軒涕泗流」，更見悲痛。

❷ 「坼」：有分裂、分界之意，此字在本句指洞庭湖之大，足以橫跨吳楚，東面為吳，南面為楚，以此湖為界，突出此湖在地理上之重要性。

「浮」：此句的「乾坤」可指天地或日月。如指天地，則天地浮於洞庭之上；如作日月解，亦極言洞庭之寬廣，日升月沉皆可見於湖上；亦可解作日月映照湖中，倒影「浮」於湖面，亦妙。

❸ 頷聯「吳楚東南坼，乾坤日夜浮」以誇張手法極言洞庭之寬闊、壯觀，十字之內盡攬東南之空間與日夜之時間，豈料頸聯把寫作對象集中至自己一人身上，尤以「一字」、「孤舟」突出個人悲苦，似是表達悠悠天地之間，竟無一安身立命之所，與上聯形成強烈對比。

❹ 詩人慕名登上岳陽樓，觀景之餘感懷身世，亦想到親朋之間渺無音訊，生死未卜，自己多年漂泊天涯，寄居破船之上，更兼年老多病，愁懷未解。又憑欄遠眺，想到北方的鄉關兵荒馬亂，吐蕃入侵，不禁悲從中來，老淚縱橫。

石頭城

❶ 詩人先寫長江水流經石頭城，發現城池已變成一座空城，唯有寂寞地退回；繼而描寫曾照見六朝秦淮河的「舊時月」，既見識過石頭城的繁華，現竟在夜深時分透過女牆上凹陷處，窺視着石頭城內的一事一物。詩人運用了擬人法，為長江水及舊時月賦予了動態；

詩人寫潮打空城後寂寞而「回」，跟下文舊時月在夜深時分還過女牆而「來」，一來一回之間互相呼應，這亦隱隱透露作者面對這六朝古都，徘徊不忍離去之感。

❷ 詩人先用廣闊的視野總寫石頭城被羣山圍繞的開闊景象；

繼而以俯視的角度寫長江水一來一回的流動，

再用仰視的角度寫舊時月過女牆而來的情景。

❸ 「圍」：「山圍故國周遭在」替羣山賦予了動感，似是山故意把城圍起來；

「打」：「潮打空城寂寞回」的「打」刻劃出潮水拍岸的氣勢；

「過」：「夜深還過女牆來」以「過」一字寫出舊時月似乎是故意從女牆凹陷處，窺視石頭城內的盛衰興替，突顯了明月的動態。

琵琶行（並序）

❶ 詩人先形容粗弦聲渾重響亮如狂風急雨，細弦聲則輕細急促如喁喁細語，兩者交織在一起，感覺就如大珠小珠落玉盤一樣，變化多端：一會兒好像花底下婉轉的鳥鳴般動聽，一會兒又像水在冰下流動般，聲音微弱而凝滯。

經過一段斷斷續續的彈奏後，琵琶音色變得激越，有如銀瓶破裂水花四濺，又如鐵甲騎兵戰鬥時刀槍齊鳴。

曲終之時，琵琶女在琴弦中段劃了一下，聲音就如撕裂布帛一樣
戛然而止。

❷ 作者將琴音喻為不同的事物，比如粗弦低的聲音如急雨，細弦輕
細的聲音如私語。兩者交織並奏的時候，又比擬為「大珠小珠打
落玉盤」之聲，給讀者具體的聯想，比喻生動。

作者又運用了疊字，以「嘈嘈」、「切切」形容琴音，及後又再重
複「嘈嘈切切」，一方面由字音本身聯想大弦小弦高低音的分別，
另方面亦讓讀者在反覆誦讀之際，感受當中的聲律之美。

❸ 詩人認為自己和琵琶女均為遭逢不幸而傷心失意之人，而且均流
落異鄉，可謂同病相憐。

琵琶女本是京城女，自少年時代學成琵琶，琴技高超，且才貌兼
備，無數貴族子弟為之傾倒。可惜在她年老色衰之際，家人離
世，門庭冷落，終嫁予商人為妻。豈料商人重利而輕言別離，只
剩她一人獨守空船。可見琵琶女遭遇前後對比之大，今昔之比令
她不禁感歎；

詩人同樣來自首都長安，本為京官的他在元和十年被貶為九江郡
司馬，可見他像琵琶女一樣亦曾風光一時，如今卻遭逢貶謫，流
落異鄉，鬱鬱不得志，即使遇上良辰美景也只能獨自喝酒，孤獨
愁苦，知音難求。

李憑箜篌引

❶ 詩人先在開首點明箜篌用的弦是吳絲、琴身以蜀桐製作，點明了
樂器本身構造精良，演奏者自然並非一般樂師；

詩人繼而寫山上的雲彩也因聽到樂聲而停留，突出樂音的與眾不
同，能感動大自然；

第三句寫的是善於鼓瑟的湘娥與素女也為之感動，潸然落淚，可
見李憑所奏樂曲感染力之大；

詩人先在詩作開首從不同層面對李憑所用箜篌、所奏樂曲的音樂效果加以描繪，為詩中主角——樂師李憑起了鋪墊及襯托的作用，及後在第四句才以「李憑中國彈箜篌」點明主角，以起先聲奪人之效。

❷「李憑中國彈箜篌」：句中的「中國」應作「京師」解，意指李憑能在京師彈奏箜篌，絕非泛泛之輩；

「十二門前融冷光」：十二門指的是唐朝首都長安的十二座城門，表面上寫的是門，實則指長安城內的人民，他們聽了李憑的琴音，為之所動，竟感受不到深秋時節的清寒；

「二十三絲動紫皇」：二十三絲是指箜篌，而「動紫皇」則指琴音打動了皇帝。

可見京城上下皆欣賞李憑之演奏，可見李憑確是一時之名家。

❸ 李憑的琴音撼動了女媧補天之處，使天際出現裂縫，令一向少雨的深秋時節也出現大雨；

樂音傳至神山之中，令神嫗感動不已，而在這神仙生活的地域，老魚和蛟龍也陶醉樂聲之中，在水中隨音樂而起舞；

詩人最後寫樂音傳至天上月宮，吳剛為之感動，倚着桂樹傾聽，連玉兔也不怕露水沾濕而不忍離去，可見李憑奏樂的吸引力。

❹ 詩人以「老」、「瘦」形容魚、龍，牠們本應是了無生氣的，詩人為了突出李憑奏樂之動人，竟描寫這些羸弱的神話動物也隨音樂起舞、跳躍，與其本身的外貌形成反差，更能襯托出主角奏樂之美妙。

過華清宮（其一）

❶ 這是指華清宮附近的花草林木茂密，遠看如錦繡一樣。

❷ 詩人諷刺唐玄宗為了博取貴妃的歡心，不惜耗用國家人力物力，每年設置專騎，遠從南方運送荔枝進京，做法荒唐。不知情的人

可能還以為這一騎負責傳遞緊急文書，原來卻只為了滿足一人的口腹。

❸ 詩歌諷刺了唐玄宗為了博紅顏一笑，要花費人力、物力從嶺南送來荔枝給楊貴妃享用，結果間接導致了安史之亂。套之今日的為政者，他們也不能只是為了一己的私慾，耗費公帑，將公器私用，否則只會帶來民憤，影響管治。（言之成理即可）

錦瑟

❶ 本詩的感情基調是哀傷的，這從「望帝春心托杜鵑」、「滄海月明珠有淚」、「此情可待成追憶」等句表現出來。「望帝春心托杜鵑」用了蜀國國君死後化而為杜鵑鳥悲鳴的典故，突出哀痛的感情；「滄海月明珠有淚」化用了南海鮫人哭出珍珠的故事，突出了眼淚這意象；「此情可待成追憶」更點明「此情」不再，帶有婉惜之感。

❷ 可見於頷聯「莊生曉夢迷蝴蝶，望帝春心托杜鵑」二句，前句借用了《莊子・齊物論》的故事，後句用了蜀國國君死後其魂化為杜鵑鳥悲鳴的典故。

❸ 頷聯：兩句均引用典故，以人物「莊生」對「望帝」，以時間「曉」對「春」，以動物「蝴蝶」對「杜鵑」，非常工整。
頸聯：兩句均引用了古代傳說，「月明」、「日暖」以自然景物及其予人的感覺相對，「珠有淚」對「玉生煙」，則以典故中的珠、玉及其轉化而成之物相對，極為工整。

❹ 我認為斷句為「此情可待／成追憶」比較合理，因為「此情可待」表明詩人對於婚後的美好生活是十分期待的，怎料妻子離世，一切都成為泡影，成為過去，才有下文「成追憶」的感歎。（言之成理即可）

菩薩蠻（小山重疊金明滅）

❶ 作者寫女子的頭髮飄飄，欲掩雪白的臉龐；
她慵懶地起牀梳洗，慢條斯理地畫蛾眉；
她化妝以後，拿起兩面鏡子前後交相映照。

❷ 這闋詞表現出其綺麗華美的詞風，仔細地描繪出女主人翁的打
扮，如以「小山重疊」形容眉妝，以「香」、「雪」形容「腮」，
又刻劃主角的上衣是「繡羅襦」，點明手工和布質，以上各項均
為仔細綺麗的描繪，用詞唯美。

❸ 我認同「眉毛」和「額黃」的說法，因為整闋詞都是在描寫女主
人翁化妝時的情景，畫眉毛和貼額黃都與化妝有關，因此這個說
法比較合理。
相反，「屏風」和「陽光」也可以屬於該場景的事物，但與後文
女主人翁化妝的情節並不搭配，因此這個說法並不恰當。（言之
成理即可）

虞美人（春花秋月何時了）

❶ 作者當時身為亡國之奴，當他看到「春花秋月」這等良辰美景
時，勾起他昔日作為南唐君主的「往事」，頓感難過。這句是反
問句，可見作者面對這樣美好的時節卻身陷囹圄，感到難以承
受，因而提問美好的時節何時才會結束。作者在篇首提出的這個
問題，為整篇奠下了哀愁、無奈、懊悔的感情基調。

❷ 作者面對「春花秋月」，想到以前在故國帝皇生活的種種往事，
都是令他不堪回首的；
他想到故國宮殿的「雕欄玉砌」應該還在，只是物是人非，朱顏
不再，令他不堪回顧。

❸ 他以「恰似一江春水向東流」比喻自己的愁懷；而「春水」則回應作者填詞的季節，且冬雪已溶，河水滔滔不絕，配合句意。

作者以河水喻愁懷，能將其悔恨難返、綿延不斷的愁緒形象地刻劃出來。

雨霖鈴（寒蟬淒切）

❶ 作者先以「寒蟬淒切」──秋蟬淒清的鳴聲帶出秋天蕭瑟的氛圍，再以「長亭」之景突出離別的失落之情，而「驟雨」亦可予人落淚的聯想，可見作者在詞作首句已鋪敍了不同的景物，以突出離愁別緒；

再者，上闋末的「千里煙波，暮靄沉沉楚天闊」亦突出了黯淡迷茫之景，突顯作者面對離別的失落。

❷ 上闋「執手相看淚眼，竟無語凝噎」寫二人捨不得對方，雖有千言萬語但不知從何說起，惟有哽咽流淚；

下闋開首「多情自古傷離別」更直接點明因離別而感傷之意。

❸ 作者在離開以後自覺傷感，因而借酒消愁，且令他為之動容的，是秋天「楊柳岸、曉風殘月」這樣的衰頹之景，可見其極失落之情；

離開對方以後，作者感到「良辰好景虛設」，可知他懷念跟情人共處的美好日子；

末句「便縱有、千種風情，更與何人說？」突顯詞人的寂寞之情，自話別以後，連傾訴的對象也沒有了。

<h1 style="text-align:center">桂枝香‧金陵懷古</h1>

❶ 「登臨送目」有領起全篇的作用，因作者在上闋以寫景為主，點明自己身在高處，登臨俯覽金陵景色，看到長江、山峯、江上帆船、岸上酒旗等景物。作者由所見之景引入懷古之思，帶出下闋所引的典故，故首句具領起作用。

❷ 作者在上闋描繪了金陵所見之美景：長江澄澈如白練，蒼翠的青山如爭相聚在一起，遠方的帆船在夕陽斜陽下航行，岸上酒家的酒旗隨西風飄揚。望向江面遠方，還可見各色船隻在淡淡的暮靄裏若隱若現，還可見一羣飛升的白鷺。作者認為他所見之美景即使畫了下來，亦難以重現昔日之美，以突出金陵過去之壯麗和繁華，從而引起下片「念往昔、繁華競逐」之句。

❸ 作者先化用杜牧《台城曲》的詩句，以「門外樓頭」分別引出隋將韓擒虎伐陳，以及陳後主為寵妃張麗華而建的樓頭「結綺閣」，指出曾以金陵為都的陳朝曾歷亡國之禍；
篇末再用「《後庭》遺曲」帶出作者所身處之時代，竟還有歌女在唱陳後主所寫的《玉樹後庭花》。此曲因陳亡而被視為亡國之音，從而帶出懷古的意味，同時警醒為政者應汲取歷史教訓，不要再自招滅亡。

<h1 style="text-align:center">念奴嬌‧赤壁懷古</h1>

❶ 作者以滾滾長江水向東流去，寫出時光如流水一樣一去不返。在歷史的洪流中，亦有不少具才華的風流人物，可是他們亦如長江水一樣逝去，藉此點明「懷古」的主題；
這句亦與詞中內容互相呼應，如上闋的「一時多少豪傑」，下闋的「遙想公瑾當年」，亦與首句互相呼應。
起首句中的「風流人物」為下闋所描述的周瑜埋下伏筆。

❷ 作者描寫了在他身處的「赤壁」風景:有高聳而陡峭的山崖,幾可穿空,有洶湧的波濤拍岸,翻起千堆如雪潔白的浪花。這些景象富有氣勢,又以「亂」、「穿」、「驚」、「拍」這些字眼營造緊張氣氛,引導讀者想像此處為三國時代的赤壁戰場。

❸ 作者來到黃州赤鼻磯,縱然不是真正的三國赤壁戰場,但亦想憑當地「赤壁」的別名發思古之幽情,故權將當地當作赤壁;
周瑜初娶小喬之時,英氣煥發,一身儒將打扮,於談笑間,從容不迫地擊退曹操軍隊,多麼瀟灑自信,這樣的英雄形象正是作者所追慕的;
另外,作者寫此篇時是元豐五年(公元一零八二年),正值四十七歲,他經「烏台詩案」後被貶至此,但仍渴望如周瑜一樣有為國立功的機會,因而緬懷公瑾。

鵲橋仙(纖雲弄巧)

❶ 作者先寫七夕晚上美麗的景色:天上有纖纖的雲彩,忽爾天邊星星劃破長空,彷彿訴說牛郎織女未能見面之恨,營造了二人會面溫柔浪漫的氣氛。

❷ 「金」是秋天的顏色,植物被秋風吹過,葉子就變成金黃色;清涼的秋風一吹,露水凝結如玉。上述兩項均突出秋景之最大特色。

❸ 作者以「柔情似水,佳期如夢」形容,寫他們相會時的柔情蜜意,仿如細水長流一般,這短暫而美好的相聚,簡直如夢一樣。可見牛郎織女相會時溫馨甜蜜的氣氛,二人均不捨離去。

❹ 他認為若戀人之間彼此有情,感情基礎穩固,就不必朝夕相見。相比起長相廝守,作者寧願跟心愛的人有短暫而美好的共聚。

聲聲慢（尋尋覓覓）

❶ 「尋尋覓覓」由現實寫起，可由此想像她在尋尋覓覓之際，若有
所失的心境；「冷冷清清」既指秋季的寒意，亦可指因尋覓不遂
而感到的淒清；「淒淒慘慘戚戚」則純寫內心感受，表達她孤伶
淒清的傷感心情。作者以此十四個字領起全篇，先寫外在環境，
再寫內心感受，過渡自然。
作者在篇首奠定了全篇作品的感情基調，具渲染氣氛之效果。
善用疊字技巧領起全篇，令作品行文用字多起變化，讀起來跌宕
生姿。

❷ 作者寫的是秋季，「乍暖還寒時候」可指春天或秋天，但作者在
下文提及「雁過也」，可知此時作者在南方看到北方飛來的大雁，
可判斷為秋季。
「滿地黃花堆積」，寫秋天盛放的黃菊已經凋謝，可知其時為晚秋
時分。

❸ 黃花：「滿地黃花堆積，憔悴損，如今有誰堪摘？」作者一方面
為菊花的枯萎凋謝感到可惜，另一方面亦哀自己年華已逝，容顏
因歲月流逝以及種種磨難而憔悴，倍添傷感。
細雨：「梧桐更兼細雨，到黃昏、點點滴滴。」作者一方面寫的
是窗外細雨，借景渲染悲悽的氣氛，另一方面亦可理解為詞人自
憐孤獨、人生失意而落下的眼淚，抒發自憐自傷之情。

書憤（其一）

❶ 詩人表示自己年青時只有滿腔報國熱忱，一心為國收復中原失
地，光復北方國土；
繼而記述過去宋軍曾在瓜洲渡和大散關擊敗金兵，吐露當年抗敵
復國的豪情壯志。

❷ 作者感慨自己鬢已斑白，年事已高，未必可再為國效，不禁為之傷感；

雖然他渴望如長城一樣保家衞國，可是這樣的願望無法實踐，故稱「空自許」。

❸ 他希望朝中有像諸葛亮這樣的能人帶兵北伐，可是卻沒有這樣決心北伐、收復中原的人物，作者亦借此諷刺朝中盡為庸才，不得不對現實感到失望。

永遇樂・京口北固亭懷古

❶ 作者在本篇提到不同的古代人物，以緬懷他們的事跡：

他在上闋先由所身處之地點京口引出三國時代的孫權，因他曾在此建都；及後提到生於京口的南朝宋武帝劉裕，並以「金戈鐵馬，氣吞萬里如虎」形容他兩次北伐，先後滅掉南燕、後燕、後秦的英勇事跡；

作者在下闋提到的「元嘉」，實為南朝宋文帝，指他因準備不足而北伐失敗。

作者透過以上的人物事跡表明本篇的懷古之意。

❷ 「贏得」為反語，因這句的意思是南朝宋文帝劉義隆，因「草草」準備、倉促北伐，而落得失敗的下場，跟「贏得」的本意相反。

作者這樣寫是為了奉勸南宋統治者應準確估量己方及金人的實力，以作充分的北伐準備，而不應草率盲目冒進，這樣只會招至失敗。

❸ 戰國時期趙將廉頗到了晚年，以一飯斗米，肉十斤，披甲上馬的行動，向趙國使者表示仍能為國家效力，卻被人誣害至不被重用。作者引此典，意在表示自己雖然年事已高，但仍有能力為國效力，以表忠誠，無奈依然被投閒置散。

青玉案·元夕

❶ 在春風吹拂之下，滿城花開，故有「東風夜放花千樹」之語；作者又寫城內煙花璀璨，如天上星宿灑落人間一樣；
街上有許多裝飾豪華的馬車，表示遊人如鯽；
元宵夜熱鬧非常，簫聲悠揚，街上又有各式各樣的花燈。

❷ 借代手法：以女士在元宵節佩戴的「蛾兒」、「雪柳」、「黃金縷」等頭飾來借代女性，形容她們盛裝打扮出外賞燈；
多感官描寫：先從聽覺方面寫她們的笑聲，渲染當夜歡樂的氣氛；還從嗅覺方面描寫女子散發出來的香氣，突出這些女子的迷人之處。

❸ 作者尋覓的對象身處燈火寥落的地方，跟眾人在熱鬧之中歡度佳節有很大反差，從而突出作者所尋之對象是脫俗出塵的，與他人不同。

揚州慢 (並序)

❶ 作者在序中表示自己路經揚州，但見滿目蕭條，眼中只有野生薺菜和麥子，黃昏之時更有戍角之聲響起，作者為此感到極之悲傷，感慨今昔對比之大。

❷ 作者不寫人物活動，而寫揚州滿眼所見，全為「薺麥青青」，可見揚州在金兵的踩躪下，已失去了昔日繁華的光彩；
「廢池喬木」為被戰爭破壞的城池、老樹，可以想像城內一片頹垣敗瓦的模樣；
「清角吹寒」則從聽覺方面加以渲染，突出黃昏時分淒清的號角聲在城中迴盪，更予人「空城」之感。

❸ 作者寫揚州的二十四橋仍在，而橋邊的芍藥花盛放，這些本值得欣賞的事物，如今在這樣的一座空城裏，根本無人有心細賞。作者為揚州的衰敗蕭條而感到悲哀。

長亭送別（節選）

❶ 本曲所描寫的是秋季：

「黃花」指的是秋菊，「西風」藉風向來交代季節，「北雁南飛」為秋景，而「霜木醉」指林木染成一片紅色，以由植物的顏色變化交代秋意。

❷ 作者借一系列的秋景渲染別離之時的淒涼氣氛，如以「西風緊」帶出秋風瑟瑟的蕭條之意，以「北雁南飛」羣鳥的遷徙表示別離的感傷，再以「離人淚」所點染的霜林，渲染離別的悲悽。